本书获得法国对外文教局版税资助计划的支持

CET OUVRAGE A BÉNÉFICIÉ DU SOUTIEN
DES PROGRAMMES D'AIDE À LA PUBLICATION
DE L'INSTITUT FRANÇAIS.

豪猪回忆录

MÉMOIRES DE PORC-ÉPIC

ALAIN MABANCKOU

［法］阿兰·马邦库 著

刘和平　文韫 译

外语教学与研究出版社
北京

译者的话

阿兰·马邦库是刚果（布）裔法国作家，现于美国加州大学洛杉矶分校（UCLA）教授当代非洲文学。作为非洲文学的积极倡导者，阿兰·马邦库曾担任第一届非洲图书沙龙（la première édition du salon Livres d'Afrique）主席。《豪猪回忆录》是阿兰·马邦库继《打碎的玻璃杯》（Verre Cassé）后的又一力作，这部哲学寓言小说于 2006 年由法国瑟伊（Seuil）出版社出版，并凭借其独特的主题和文体，获得法国勒诺多文学奖，被法国多家媒体评为当年度法国文学回归季最重要的小说之一。

《豪猪回忆录》是阿兰·马邦库小说三部曲的第二部，也是他继《明天，我二十岁》后第二部被译介为中文的小说。这部作品节奏紧凑，语言尖锐，刻画生动；时而怪诞滑稽，时而富有诗意；记叙清晰明畅，使书中的魔幻世界跃然纸上。马邦库借助一只勇敢、忠诚且内心挣扎的豪猪，虚构了一个荒诞、残酷的世界。配角十分丰富，既有嗜血的杀人魔，也有野兽，且个性鲜明。

《豪猪回忆录》

描写了一只普通的豪猪变成嗜血人类的附体并最终沦为人类报复社会的邪恶工具的过程。故事主人公本是一只平淡无奇的豪猪，却在一种魔法的作用下成为一个叫作奇邦迪（Kibandi）的小男孩的附体，并利用自己的特殊性在深夜完成男孩交代的任务。为了执行自己的使命，忠于主人的豪猪不得不远离自己的种群，躲在距离男孩

不远处的丛林中，在男孩召唤时出现。豪猪在转变成附体的过程中亲眼见证了男孩的父亲如何利用附体来达成不可告人的目的，最终它自己也一步步沦为男孩行凶的邪恶工具。

这是一部不可多得的哲理小说。小说以豪猪向一名假想倾听者叙述的方式展开，用荒诞、幽默的语言，道出无力与残酷现实相抗争的挣扎与领悟，隐喻人类生存背后的艰难与矛盾，同时也引发对人类与动物之间关系的思考。作者通过豪猪反观和审视人类的行为举止，反射出人性的黑暗与无尽的欲望，令读者不禁陷入对生命意义的思考。

本书语言淳朴、生动、对话感强。尤其需要关注的是，作者通篇文字字首不大写，全书未使用一个句号，一气呵成，留给读者充分的想象空间。马邦库希望通过这种写作方式向语言致敬。

书中采用隐喻的手法,为故事笼罩了一层神秘色彩。既汲取非洲口述文学之精妙,保留非洲传统文学的特点,又加入民间传说,融入拉封丹、伏尔泰与狄德罗的风格,将传奇、信仰、神话与民俗完美融合。本书无疑是一部向非洲寓言故事和上述文学家致敬的佳作。

◆　◆　◆

本书由刘颜嘉、侯悦担纲翻译,译文又经过多轮审校和修改,谢婧参与了初审,本人负责全书的分章初审和终审。

文学翻译对译者的语言功底、文化水准和审美价值观都有一定要求,需要在读懂作者"心思"的基础上给中文读者讲好故事。但故事讲得如何,还有待读者给予评判。不妥之处,恳请读者不吝赐教。

感谢法国瑟伊出版社版权负责人弗朗索瓦丝·居伊昂(Françoise Guyon)女士积极推进该书中

文版的版权授权和出版，感谢外语教学与研究
出版社支持文学作品的翻译，更感谢编辑张颖、
邹晶白、王奉舜、黄雅思等多位同仁，没有他
们的支持和帮助，本书中文版很难面世。

2018 年 5 月 18 日于北京

刘和平

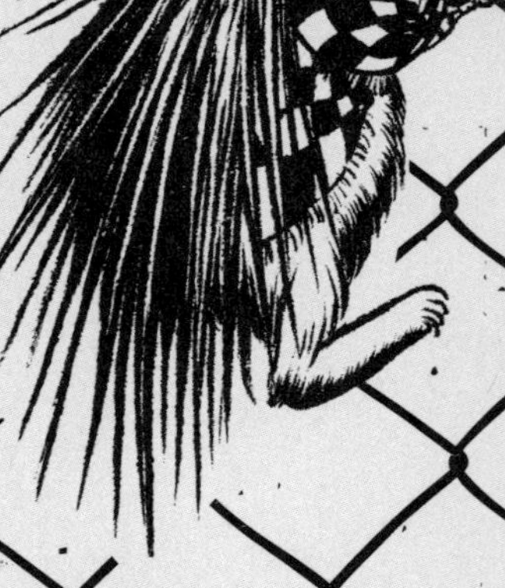

谨将此书献给

我的朋友和守护神

倔强蜗牛

信誉远游酒吧的常客们

以及我的母亲

波林娜·肯铃

是她为我提供了

这个故事

（有虚构）

「我从远处隐约看见猎体的头部是一个动物脑袋，看起来像我的头」

我是怎样连滚带爬才来到你脚下的

应该说，我是一只不起眼的动物，一无是处的动物，人类称我为"野兽"，最野蛮、最凶残的动物，其实我就是一头豪猪，人类笃信眼见为实，推断我就是一头平淡无奇的豪猪，在他们眼中，我只是一只哺乳动物，速度比不过猎犬，且全身带刺，生性懒惰，懒到只能在觅食地附近苟延残喘[1]

说实话，我一点都不羡慕人类，他们自以为是，我对他们那些挂在嘴边的智慧嗤之以鼻，这是因为，我是一个人的动物附体，这个人叫奇邦迪，我陪伴他多年，直到前天他离开人世，奇邦迪活着的时候，我

---

[1] ————————— 本书正文部分遵照法语原文，未使用一个句号。——编者注

只在深夜和他相见，我听从他的吩咐，执行他布置的任务，其余时间我都隐匿在村庄附近，如果他知道我现在这样肆无忌惮地忏悔，肯定会报复我，指责我忘恩负义，他一直认为我欠他的，我是个可怜的配角，只能任他摆布，说实话，没有我，他就是个植物人，一生悲戚，轻若鸿毛，甚至抵不上曾统领我们的老豪猪的一泡尿，当然，我这么说并非有窃功之意

我是怎样往深井里爬才来到你脚下的

　　我自己感觉风华正茂，但实际年龄已四十二岁，倘若我跟那些游荡在乡村田野中的豪猪一样，是不可能活到现在的，豪猪的妊娠期为九十三至九十四天，要是被人类捕获，最多还能活到二十一岁，然而下半生只能受人奴役，在铁丝网里度过，这样活着意义何在，懒惰之辈或可满足于此，忘却蜂蜜之甜和蜜蜂蜇人之实，我更喜欢生活在危机四伏的荆棘丛中，而不是像我的那几个同伴一样被关在铁笼里，成为人类的盘中之餐，我很幸运，打破了豪猪的寿命记录，活得跟主人一样长，但是，做人类的动物附体可不是个闲差事，而是一份实实在在的工作，必须竭尽所能，我对奇邦迪有令必行，从不抱怨，即使是面对最后几个任务，也是一如既往，我知道这是在自掘坟墓，我想过退缩，却始终没有违背他，我的处境如同

一只身披甲壳的乌龟，我是他的第三只眼睛，第三个鼻孔，第三只耳朵，我把梦托给他，向他展示他看不到、闻不到、听不到的东西，如果他没有反应，我就趁色肯庞贝村的村民都去田野劳作的时候闪现在他面前

奇邦迪出生的时候我并不在场，而其他动物附体是与自己的主人同一天出生，并看着主人一天天长大的，它们是和平附体，从不与主人相见，除非发生特殊情况，例如主人生病或者遭遇厄运，和平附体一生单调平淡，我真的无法想象它们如何忍受这般无聊的生活，它们无精打采，行动缓慢，稍有风吹草动便如惊弓之鸟四散而逃，蠢到连自己的影子都害怕，我听说这类动物大都耳聋眼瞎，但其警惕性不容置疑，因为它们的嗅觉异常敏感，可以说它们用一生守护着自己的主人，引导他前行，追踪主人生存的痕迹，跟我们一样，它们会同主人一起离开这个世界，这种灵力的移交是在人诞生时由祖父完成的，老人与孩子的父母商量后，便将襁褓中的婴儿带走，一同消失在茅屋后，祖父对着婴儿讲话，吐口水，摇晃他，舔他，挠

他，并将他抛到空中再接住，这时和平附体的灵魂就
会离开祖父的身体，进入婴儿体内，与和平附体结合
的人将会行善一生，并因他的慷慨大度而与众不同，
面对瘫痪者、盲人和乞丐，他会解囊相助，他尊重同
类，致力于研究草药，救死扶伤，当第一缕白发爬上
鬓角时，他便开始将技能传授给后人，与其说这样的
一生是单调乏味的，倒不如说它令人厌烦，如果我是
个平庸且碌碌无为的和平附体，我今天就不会有故事
可讲

　　我是邪恶附体群中的一个，这是所有附体中最为
焦躁不安，最令人生畏，也最稀少的一群，随你怎么
猜想，此类附体的灵魂转移仪式比前者更为复杂，也
更为严格，仪式在男孩年满十岁之时举行，他要定时
饮用一种叫玛雅樊比（mayamvumbi）的药水，以维
持兴奋状态，从而释放出身体中的另一个自我，一个
贪得无厌、四处狂奔的克隆体，这个克隆体上蹿下跳，
如果不在男孩的屋子里酣酣大睡，就会跨河越江或隐
身树丛，我处于二者之间，但绝非旁观者，这是因为，

没有我，主人的另一个自我可能会因巨大的胃口得不到满足而死亡，我可以向你坦白的是，当和平附体的灵魂转移到孩子身上时，父母完全知情，而且表示支持，但邪恶附体的灵魂转移是截然不同的，灵魂转移仪式违背孩子的意愿，其母亲和兄弟姐妹对此也全然不知，与邪恶分身紧密相连的人与黑夜为伍，从此再无同情和怜悯之心，不知内疚、仁慈为何物，转移仪式一旦完成，邪恶附体必须离开动物世界，生活在离主人不远之处，完成主人布置的任务，不能有任何反抗，又有谁见过依附于人类而存在的邪恶动物附体会违背主人的意愿，嗯，在豪猪的记忆中还从未有过，况且，并非只有大象记忆力惊人，这只是人类的一种偏见

在我的主人冒险玩火之前，我享受了几个月的清闲，利用这个机会观察生活，深深地吸吮新鲜空气，雀跃、奔跑，马不停蹄，我攀上一个小山头，眺望躁动的兽群，我很喜欢观察其他动物，观察它们的日常生活，也就是说，我与丛林相拥，我可以消失，不用与主人联系，我遥望夕阳，然后闭上双眼，在蟋蟀声中进入梦乡，直到次日清晨，蝉鸣把我唤醒，在这段时光里，我无所事事，不停地吃，而且越吃越饿，我记不清自己跨越过多少片土豆田，这会让色肯庞贝村的农民痛心，他们痛恨那些非人非兽的怪物，但他们不知道的是，这些怪物的胃口与他们的无知一样深不可测，随后，我每天一大早就来到河边，窥探河水中嬉戏的野鸭，观看它们那五彩羽毛的倒影在清波之上摆动，注视它们在水下潜浮游弋，秩序井然，无一溺

水，其中一只鸭子如果示意嬉戏结束，或者告知有狩
猎者伺机靠近，鸭子便成群结队地逃之夭夭，清晨晚
些时候，会有斑马、羚羊、野猪成群掠过，后面跟随
的是沿河而来的狮群，小狮子打头阵，年长的狮子不
知何因咆哮声不断，像是一场有时间表的表演，各类
动物都有自己的出场时间，互不交错，许久过后，太
阳高照，猴子兵团登场，我观看了公猴之战，它们肯
定是因为地位或配偶大动干戈，我觉得这是一种消遣，
它们的某些动作让我想到人类，尤其是看到这些类人
猿玩弄自己的鼻屎，抓挠生殖器，然后又去嗅闻手指
的气味并迅速露出厌恶的表情时，我怀疑它们中间或
许有人类的邪恶附体，但细细想来，这不可能，我知
道邪恶附体必须远离群体生活

　　是的，那时候我是一头幸福的豪猪，当我想确认
这一点时，我会把全身的刺统统竖起来，对豪猪而言，
这表示发誓，另一种发誓的方式是举起右爪，挥动
三次，我知道，人类祈祷时有自己的方式，与逝者或
不得而见的上帝进行心灵沟通时，他们喜欢闭上双眼，

口中诵念一本厚厚的书里记录的句子，这种书是白种人在很久以前带到这里的，那时这里的居民用以遮体的还是豹子皮或芭蕉叶，他们不知道的是，地平线的另一端生活着与他们相去甚远的人类，他们更不懂五洋四海之外还存在着他们不了解的另一种世界，更不知道当这里夜幕降临的时候，世界另一端的天空却开始大亮，当这里暴雨滂沱的时候，另一个地方则晴空高照，我的主人奇邦迪也有这样的一本书，里面记载着很多故事，人们必须相信这些故事，否则就不配在他们所说的天堂里有一席之地，也许你猜到了，好奇心驱使我沉迷其中，毕竟我可以像主人一样流畅地阅读，以前甚至在主人劳累的时候替他诵读，因此，我从头至尾阅览了这本关于上帝的书，书中的故事感人至深，扣人心弦，我跟你说，我还用身上的刺在一些段落上做了标记，我的小耳朵也听见过别人讲述这些故事，有一本正经的人，有胡子花白的老人，也有周日去村里教堂做礼拜的人，他们讲述时细致准确，虔诚笃定，如同故事的亲历者一样娓娓道来，要知道，这些会说话的两足动物最喜闻乐道的故事是关于一个神秘人物的，他是上帝之子，一个富有魅力的漂泊者，他以非常复杂的方式降临人间，书中甚至只字未提他的父母如何结合生子，正是这个人涉水漫步，将水变成酒，造出面包养活人民，他尊重那些遭受唾弃的妓女，为万念俱灰的残疾者治好双腿，把光明还给盲人，他来到世上，拯救人类，也拯救动物，请听我慢慢叙述，在一个久远的时代，骤降大雨，四十昼夜连绵不断，被称为史前洪水，为了保证地球上每个物种都能继续繁衍，不被人遗忘，各种动物都被召集到一条叫诺亚方舟的船上，正因如此动物才得以续命，但许久之后，上帝派到人间的独子却成为异教徒的攻击目标，他们对他施以笞刑，把他钉在十字架上，在阳光下炙烤，到了审判之日，异教徒们指责他，说他的壮举是在扰乱民心，同时受审的还有一个人，名叫巴拉巴，一个背信弃义的小人，人们要在两人之间做出选择，最终是那个匪徒强盗被赦免，可怜的上帝之子却被杀害，你能想到吗，他死而复生，来到亡者之国，黄泉之行于他不过是午间小憩，我为你讲述上帝之子的故事并不是因为我想皈依宗教，而是因为我坚信，他是非凡之人，这个上帝之子，他是被授以宗教奥义之人，跟我的主人一样；他也受附体保护，不过却是和平附体，他从未伤害过任何人，是别人在添油加醋，这样说吧，我的主人奇邦迪之所以不再阅读这些故事，而更偏爱奇闻秘事，主要是因为他觉得上帝之书与他的信仰相悖，是在批评他的种种行为，让他远离祖训，他根本不信上帝，因为上帝告诫人们只要虔诚祈祷，愿望迟早成真，但我的主人期待立竿见影，触手可及，他对天堂的承诺不屑一顾，也正因如此，凡遇到村里虔诚的教徒聚集讨论时，他便单刀直入，"如果你想让上帝开心，就告诉他你的计划"，而且人类以逝者或万能的主的名义发誓不过是徒劳，虽然他们从远古时期就开始这么做，但有朝一日终会违背自己的誓言，因为他们心知肚明的是，这些誓言分文不值，只在虔诚笃信的人眼中有价值

又一次完成主人给我的任务，退隐到丛林中后，我开始每天花大把时间思考问题，有时在洞穴内，有时在树顶或者树洞中，有时甚至在河边，我不再观察鸭群和其他兽群，转而回顾主人曾给我下达的任务，我的主人此时应该已经进入梦乡，一夜劳顿之后充分休息，第二天醒来才能精神饱满，而我毫无睡意，思绪万千，不知不觉已至次日夜晚，想事不会让我疲惫，操心那些虚无缥缈的事反而会让我身心愉悦，在思考过程中，我已掌握快速辨别是非的技巧，学会了用恰当的方式解决难题，人类以拥有上述本领为傲，我想他们有所误解，我认为他们的这些智慧不是与生俱来的，这正是他们的天赋异禀所在，因为智慧像一粒种子，需要精心浇水施肥之后方可在某一天发芽长大，长成一棵枝繁叶茂、根深蒂固的大树，人类中有人仍

会无知且无教养，如同山羊，一群羊中如果有一只误坠深谷，其他的羊也会毫不犹豫地追随而下，还有的人非常愚蠢，比如有人痴迷天象，却不留意脚下的深井而跌入其中，有的人跟自不量力的乌鸦一样，想模仿鹰隼捕猎山羊，还有人愚不可及，样子就像是一只兴奋的蜥蜴，整天摇头晃脑，人类每天都生活在黑暗之中，唯一的慰藉就是他们生来为人，原来统治过我的豪猪首领曾发表高见，"人类都很愚蠢，他们的人类身份为他们的愚蠢下了定论，苍蝇飞上天也成不了凤凰，人类走到哪里都摆脱不了愚蠢"，我想告诉你，潜意识里我总是想搞懂每一个观念、每一种想法，现在我懂得了思想的重要性，人类的悲伤、怜悯、悔恨，甚至善与恶，皆因它而起，我的主人大手一挥抹杀了所有情感，而我却在每次完成任务之后强烈地感受到它们，有几次我甚至感到自己真的流出了泪水，我以豪猪的名义发誓，当被一种不知是悲伤还是同情的情感所控制时，我心中会积郁难耐，整个被凄郁的想法所笼罩，并对自己的所作所为，甚至可以说是恶行，感到悔恨，但我只不过是一个刽子手，穷尽一生只为完成附体的职责，如此思来想去，那些阴暗的想法便渐渐离我远去，我安慰自己，普天之大，总会有人犯下比我更不可饶恕的罪行，我长吁一口气，咀嚼着木薯根和棕榈仁，闭上双眼，告诉自己明天将是新的一天，新任务很快就会到来，我要时刻准备好离开藏身之处，候在主人房前屋后，唯命是从，我当然可以反抗，也不是没想过要脱离主人的控制，这些想法会时不时跳出来，诱惑我，我觉得至少应该为自己留有余地，但我感到全身瘫软，什么也没有做，当我的主人前天咽下最后一口气，奔赴黄泉时，我甚至无法动弹，只能一再退却，像和平附体那样逃避现实，我站在那里看着他痛苦的样子，感到无能为力，那一幕至今还深深印在我的脑海里，拷问着我的内心，我的声音不自觉地颤抖，我想我该喘口气了

我很清楚，我不应该继续在这世上苟延残喘，前天主人去世的时候，我本应随他而去，但事情来得太过突然，令我惊慌失措，在当时那种情境之下，我无力回天，我只能变回去，变成那只无能的豪猪，一逃了之，事实上我当时不相信自己还活着，因为附体本应和主人在同一天死去，我以为自己只是个幽灵，当我看到奇邦迪突然抽噎、一命呜呼的时候，我感到深深的恐惧，因为我曾听老豪猪说过，"如果耳朵被割掉，下一个遭殃的就是脖子"，我不知所措，不知道该去哪里，只能原地打转，我觉得周围的空间在向我逼近，我害怕天空朝我砸下来，呼吸凝滞，草木皆兵，我告诉自己必须找到证明我活着的证据，刻不容缓，否则我怎知自己还苟活于人世，而不是一具空壳、一个没有灵魂的影子，还好我从人类那里学到

过一些证明自己活着的方法，只要证明自己不是鬼
魂，而是活生生的生物就够了，我听说过"我思故我
在"这句话，我还能思考，也许这可以证明我还活着，
我一直坚信人类不是唯一能思考的生物，而且色肯庞
贝村的村民也认为，既然鬼魂能回来吓人，这说明它
们也能思考，它们轻易就能找到回村的路，在集市上
晃荡，回旧宅望望，还要去周围的村庄扫荡一圈，将
自己的死昭告天下，它们甚至可以坐在小酒馆的餐桌
旁，点几杯棕榈酒，一醉方休，坚持偿还活着时欠下
的债，当然，人们看不到它们，想到这里我感到心中
空落落的，必须换个法子，所以我又尝试了一种古老
的方法，等周六的太阳升起，也就是在昨天，我走出
巢穴，四处张望，我坐在一块平地的中间，抬起两个
前爪交叉再放下，我欣喜若狂地发现，地上我的影子
也跟着动，与我的肢体动作完全一致，我以豪猪的名
义起誓，简直难以置信，我还活着，千真万确，我不
用整天疑神疑鬼了，我本可以就此停下来的，我向你
保证，好吧，但我还是有点不确定，我不想犯傻，我
还想找找其他证明我活着的证据，更有说服力的证据，

我走到河边，望着河水，还是抬起前爪，交叉再放下，我看到河里我的倒影做了同样的动作，据我所知，这就可以断定自己不是鬼魂，根据从村民那里学到的经验，鬼魂是没有影子的，鬼魂已无实体，已变成非物质的东西，虽然铁证已经摆在面前，换成是任何一位村民都会相信，但我还是不能确定自己还活着，我必须再找到一个证据，这是最后一个，这个证据必须更加具体，我在河边游荡，先是在泥里打了个滚，之后一口气冲进水里，清凉的河水立刻将我团团围住，这下我可以肯定了，我确实还活着，如果我来不及上岸，大不了真正死一回，我转了一周刚好又回到主人家附近，我藏在作坊后面想看一下事情的进展，但眼前所见令我瞠目结舌，我看见棕榈叶搭成的棚子下面摆放着主人的遗体，他已经离开去了另一个世界，但更令我震惊的是，我从远处隐约看见遗体的头部是一个动物脑袋，看起来像我的头，只不过比我的大十倍，或者这也许是我过于害怕消失而产生的幻觉，死亡已向我步步逼近，丧钟和着我咚咚如鼓的心跳，接下来的每时每刻，我都有可能丢掉性命，种种思绪瞬间涌上心头，"万一我成了猎人的枪下魂，或者溺死在尼阿里河的滚滚洪流中呢"，我疑虑万千，坐立不安，紧张焦虑，草木皆兵，活像个畏首畏尾的和平附体，我找到一个洞穴藏匿起来，生平第一次将爪子蜷起，然而我的恐惧并不是空穴来风，因为我突然听到有爬行动物的嘶嘶声，我连滚带爬地逃出洞去，根本来不及分辨它是何方神圣，恐惧刺骨，我嘀咕着，这样叫的爬行动物可能会喷射致命的毒液，我可不想沾上毒液暴毙而终，就这样把性命交出去，于是我仓皇逃离了洞穴，为了去往下一个村庄，我必须横穿一条大马路，而那里也有危险等着我，运送货物的大卡车每周都会经过那里，但我不记得这些横冲直撞的铁皮怪物在哪天路过，因此我选择不走那条路，人们绝不会想到我就在附近游荡，长着我脑袋的主人尸体在我脑海中挥之不去，我在路上掉了好几根刺，后来我觉得有些耻辱，人性的一面在我的动物本能面前占据了上风，我觉得自己很卑微，胆小怕事，自私可怜，我开始自言自语，不能再这样躲下去了，然而现在我已看不到还有什么需要我去做的事情，对我来说没什么能被称为"事情"了，现在我至多只会引起巴特克人看门犬的注意，然后全村上下一齐出动把我赶尽杀绝，我已经无法压抑内心的呼叫，我挣扎着，喊着要去干一番大事来告慰主人的在天之灵，不久后我再次出现在主人的房前，冒着随时可能被猎犬发现的危险，所幸的是，这些长尾巴护卫都没上岗，我有机会得见主人院子里发生的事，大家正准备抬着他去墓地，奇邦迪不够举办葬礼的资格，葬礼办起来至少要五六天，而现在一天不到的工夫，我那尸骨未寒的主人就要下葬了，我看见一伙人抬着他往墓地走去，我认出了摩恩如拉一家，主人的死是他们一手造成的，这个家族有两个孩子，是一对双胞胎，名叫科迪和科特，下葬仪式只是走走形式，我以豪猪的名义向你保证，甚至没人伤心哭泣，除了村民小声嘀咕的那句"真是报应，这个作恶多端的奇邦迪可算死了，他就该下地狱"，他们拖拽棺材的方式更让我感到心碎，我敢肯定，如果他们还肯给死人留点尊严，那也是被逼无奈，因为出于人道，不管多么穷凶极恶的人，都应该被安葬，祭司不情不愿地吟诵起了悼词，两个壮小伙上前很快填上了坑土，送葬队伍静静地往回走，此时我的目光久久停留在杜果树枝做成的十字架上，这个十字架有点向左歪斜，高度超过了埋葬主人的小坟头，我看到坟墓周围有一盏老煤油灯，是村民放在那里的，据说这是为了让死者在黑暗之中看到脚下的路，也是为了阻止他们又回到村里钻进某个孕妇的肚子里，村里人还传言，如果坟地周围不放煤油灯，亡灵有可能踩到别人的坟墓，冒犯人家，毕竟人家先他而去，村民的这一举动让我颇感欣慰，他们也许意识到奇邦迪带给他们的不止厄运，送葬队伍三三两两地返回了村子，我听到他们的窃窃私语，他们在猜测奇邦迪的死因，我堵住自己的耳朵，因为他们说的十有八九是谣言，事实上，我很想到主人的坟前嗅一嗅他长眠的土地，我没有这么做，而是抽泣着转身离开了，我很后悔自己又一次像懦夫一样选择了逃离，我回过头，最后望了一眼主人的坟墓，然后继续漫无目的地朝前走，夜幕降临，村中灯火初上，我的眼前暗影林立，别无他物，途中偶然找到两块大石头落脚，我把自己夹在两块石头中间，我本该在躺下之前松松土，造个窝，但转念一想，我在这里只是小憩一下，不可久留，因为我知道这两块石头是村民下地之前磨锄头用的，我告诫自己，死亡和黑暗总是相伴相随，夜里我强打精神不让自己睡去，但渐渐支撑不住，忘记了自己已被判死刑，也忘了长着自己脑袋的那具尸体，我梦见自己正坠入深渊，还梦见自己处于森林大火的包围之中，连我的宿敌狮子、美洲豹、斑点鬣狗、豺、猎豹、老虎和金钱豹都在仓皇逃窜，我一下子惊醒了，忽然听到背后的刺发出响声，我惊恐地分辨周围的事物，嘴里念叨着，"我还活着，我没死，我以豪猪的名义发誓"，我必须不惜任何代价离开这里，必须马上离开

　　差不多几个小时以后，到了我和你说话的这个周日，我迎着清晨的第一缕微光，抖了抖前身后背的尘土，忽然想到昨晚我在石头中间睡了一宿，为什么这时候没有见到村民经过，后来才搞清楚今天是休耕日，否则天一亮我就会看到猎人、酒农和其他农民纷纷下地干活，出发之前我伸了个懒腰，打了个呵欠，随心所欲，到处乱撞，不知不觉就走到一条熟悉的河边，野鸭和其他动物都已迁走，我害怕自己溺水，想找个水浅的地方过河，在河边兜转时误打误撞来到了你的面前，亲爱的猴面包树，即便我知道你永远不会给我回应，从早晨到现在，我一直匍匐在你的脚下，向你倾诉，因为倾诉仿佛让我变得没那么害怕死亡了，如果这样做能让我重新振作起来，远离死亡的恐惧，那么我就是这世上最幸运的豪猪

老实讲，我难以启齿，其实我不想就此消失，我不知道是否还有来世，即使真的有，我也不想知道，我不想给自己过于美好的期许，老豪猪对此最有发言权，它不经意中说出的一席话，曾让大家茅塞顿开，"癞蛤蟆要不是整天想着吃天鹅肉，怎么会丢掉尾巴"，依我看，癞蛤蟆岂止失掉了尾巴，它还被赋予了丑陋至极的外表，就连同情它都变成冒犯，所以，亲爱的猴面包树，当人类谈论他们幻想的来世时，真是可怜，他们以为来世晴空万里、天使环绕，他们把来世想象得如此美好，仿佛预见到自己置身于花园之中，徜徉在静谧的森林里，在那里，狮子收起了尖牙利爪，不再怒吼，而是朝他们微笑，死亡不复存在，连嫉妒、仇恨、贪婪也不见踪影，万物皆平等，我愿意相信这样的美丽世界是存在的，但是用什么来证明来世我还会是一只豪猪呢，也许来世我会变成蚯蚓、瓢虫、蝎子、水母、毛毛虫、蛞蝓或者我不知道的其他凶恶的动物，无论哪一种都配不上我现在令所有动物嫉妒的血统，你可能会反对我，认为我只是头喜爱吹嘘、狂妄自大、浑身带刺的蠢猪，虽然我从不借贬低其他动

物来抬高自己，但谦虚有时会成为继续生存的绊脚石，

正因如此，我开始正视并放大自己拥有的优点，正如
我们都最好隐藏自己的缺点一样，比如我只看到我身
上美丽无比的尖刺，而不去想它给村里猎狗留下的慢
性疥疮，我甚至闭口不谈世上爱抱怨的动物，也不谈
它们那些或大或小的缺陷，这样的动物不计其数，有
多少动物怨恨这个世界的造物者，这实在很难统计，
相对而言，计算我身上上万根刺的数量更容易，我想
到，可怜的乌龟驮着粗粝坚硬的壳，大象拖着长长的
鼻子，不幸的水牛顶着可笑的犄角，臭猪用丑陋的鼻
子拱泥巴，蛇类无脚只能爬行，公猩猩的睾丸像半满
的酒壶一样晃来晃去，还有鸭子，它们脚上的蹼活像
软不拉几的蜗牛，可抱怨的动物数不胜数，我们这些
豪猪何必羡慕它们，但凡有良心的人都会觉得我的话
在理，我以豪猪的名义发誓，抱歉，说到这里我必须
提高声调，我不满足于在几里外的地方啃树皮，或者
像废物一样藏在洞穴里，我也不满足于啃食地上的
死尸或树上掉下的果子，我跟你说，之前我一完成任
务就回到森林，孤独地蜷缩成一团，这种孤独从未让

我难受，直到上周五我的主人出事，我也想过我和主人之间的关系意义何在，实不相瞒，我当时已经不堪重负了，我遭受苦难，又被离奇的命运所掌控，所以我发誓要活在当下，活得比你的命还长，悄悄告诉你，我不会以自己不该活为借口结束自己的生命，你懂我的，我试着积极地面对生活，让人类看看，我偶尔也会嬉笑打闹，微笑并非他们的专利，我以豪猪的名义起誓

不知道你是否注意到，今天早上开始向你倾诉的时候，我故意没让你注意一件不寻常的事，我看到一只年迈的蜥蜴朝我爬来，停在离我几米远的地方，它回头望望我，伸伸舌头，动动尾巴，我看到它眼里闪现的惊愕，它一动不动，茫然无措，被我冲着空气讲话的样子吓蒙了，它撒腿就逃，钻到一个老鼠洞里去了，我笑得直不起腰，我很久没有这样开怀大笑了，但我立马收起笑容，想到村里曾有人因笑而丧命，再次想起这只可怜的蜥蜴时，我觉得这也许是它第一次发现行为像人的动物，说话不打磕巴，还频频点头

自我认可，举着两个前爪像人一样发誓，像我这样举
手投足充满"人味"的动物，这只蜥蜴可能未曾见过，
我很可怜这只蜥蜴，老首领经常说我小时候害怕蜥蜴，
今早的事充分证明这是谎话，我佯装什么事都没发生，
之后继续和你聊

　　我选择蛰伏在你的脚下可不是一时兴起，我在河
边发现你时便毫不迟疑地做出了这个决定，我知道你
可以庇佑我，不仅如此，你在悠长岁月中积累的经验
还会为我提供参照，你经历了几度轮回，这从你躯干
上的斑驳褶皱便可窥见，你盘根错节，深深扎入大地，
你摇曳的枝叶让风向转变，告诫万物"静乃生命之本"，
而我，我以豪猪的名义发誓，我在这里向你絮絮碎语，
你枝头掉落的枯黄叶片都会让我胆战心惊，此刻我应
该停下来，平复一下紊乱的呼吸和翻涌的思绪，从今
早开始，我说得太快了，现在我只想舔舔周围叶子上
的露水解渴，我不会冒险离开你半步，永远不会，请
你相信我

我是如何离开动物世界的

很久以前，我的主人还只是个小男孩，我亲切地称他为"小奇邦迪"，我为了离他更近些，不得不离开我赖以生存的大自然，时光荏苒，虽然多年过去了，但一切恍如昨日，记忆犹新，奇邦迪和父母居住在北部村庄莫萨卡，离这里非常远，莫萨卡水资源丰富，古木参天，是鳄鱼的栖息地，那里还有庞大如山的乌龟，离开动物世界的时机已到，我需要开始我的附体生活了，得让我的小主人清楚我会和他在一起，小奇邦迪从一开始就感觉到我的存在，而我故意不断现身，帮助他更好地认识生活，倘若我们没有及时结合，我不知道会发生什么，我刚好在正确的时间，也就是在他需要与动物附体结合的年纪出现，那

时小奇邦迪只有十岁，到达这个北部村庄的村口时，我一眼就看见了小奇邦迪，他像影子一样跟在父亲后面，我很同情这个孩子，他一直在饮用玛雅樊比药水，浑浑噩噩，无法自已，父亲刚刚让他越过了一堵高高的墙，一个全新的世界展现在他面前，村民眼中那个只知道跟在父亲身后的瘦弱男孩如今蜕变成了一个全新的生命，他现在是个傀儡，一个内物蒸发后的空袋子，苦苦等待某时某地与附体相遇、相结合，与其构成一个相同且统一的实体，小奇邦迪彻夜不眠，他要与这种传统的药液抗争，而这时的我在森林中等待，我变得越来越焦躁不安，灌木丛让我压抑，让我难耐，我千方百计设法逃离，这都是为了到离小主人所在村庄更近些的地方生活，但没料到会受老豪猪一顿劈头盖面的训斥，它是首领，从早到晚只会咒骂人类

那是我一生中乱了方寸的一段时间，我需要权衡，既要照看小奇邦迪，又要兼顾我的豪猪族群，老豪猪似是察觉到我的巨变，预感到我身上会发生什么，它变得越发强硬，常常把怒火一股脑儿地喷泻到我头

上，而且开始增加集会的次数，开会时，它居高临下，
吊着嗓门，边说话边挥手舞足蹈，两只爪子还将一捋下
巴上的小胡子，然后交叉放在胸前，仰望天空，看上
去像一个正在祈求恩赞比·雅·莫彭库神[1] 保佑的人
类，老豪猪掌握生杀大权，豪猪群只得缄口不言，有
时它会信誓旦旦地指着某条河流说，"过去，河水是
朝反方向流的"，可当被问及这条河流到底经历多少
年才会发生如此巨变时，老豪猪却晃晃身上的刺，双
眼紧闭，假装思考，然后望向天空，我常常忍不住笑
出声来，它对此非常反感，于是又重拾我们已烂熟于
心的那些陈词滥调，边喊边威胁说，"既然如此，我
就不再给你们讲人类的故事和他们的生活习俗了，你
们这群无知的蠢猪"，随后，笑声此起彼伏，老豪猪
便再说一段让大家丈二和尚摸不着头脑的话，"智者
仰望明月，愚人眼盯手指"，然而，由于我无法抑制
前往人类世界的欲望，老豪猪火冒三丈，命令其他豪
猪都跟着我，寸步不离，老豪猪是否知道，小奇邦迪
喝下玛雅樊比药水之后我必然登场，嗯，亲爱的猴面

---

1 ——— 恩赞比·雅·莫彭库神（Nzambi Ya Mpungu）是刚果人信奉的创世神。

包树，它当然一无所知，我时常悄悄溜走，偶尔向三两个同伴允诺回来后会跟它们讲述人类各种真实的习俗，因为老豪猪总是胡编乱造，夸大其词，散布一些有可能挑起人类和动物之间战争的言论，唯有当我徘徊于村庄附近，靠近未来主人时，我才会感到自在和快乐，有时，豪猪群几天几夜都不见我的踪影，每次回到灌木丛，老豪猪都大发雷霆，说我跟鸟一样愚笨，它气急败坏，用各种方式玷污我的形象，它对我的同伴说我最终会被人类逼疯，然后被狐狸一口吞掉，说我会忘记豪猪的习俗，会背离让豪猪成为灌木丛最高贵动物的东西，这个老"哲学家"还发誓，说我迟早会落入人类在灌木丛设下的圈套，比这更惨的是，我可能会掉入铝盆陷阱，就是莫萨卡的小孩子们为捕鸟使用的妈妈的盆子，其他豪猪听后笑得前仰后合，对于它们来说，与其掉进吃奶的孩子设的陷阱里，还不如落入真正的猎人手中，小孩子们的这些陷阱遍布北部村庄周围，但亲爱的猴面包树，那种陷阱，只有莫萨卡的鸟才会上当，尤其是我们国家最蠢的麻雀，当然，我并不想一概而论地说所有体表覆盖羽毛、前肢

用于飞翔、长着喙的脊椎动物都智力低下，不是的，
我相信有聪慧的鸟，只是莫萨卡的麻雀智商低得可怜，
让我同情，全世界的麻雀大抵如此，我非常明白，麻
雀到处乱飞，对地上的事情一无所知，北部孩子的陷
阱就是专门针对麻雀的，在一片空地中间，孩子们用
木块支撑起一个铝盆，在周围洒满谷物，然后将一根
很难被发现的绳子缠绕在木块上，陷阱设好后，小孩
子们便躲在距离百米左右的树丛后，可怜的麻雀，被
食物吸引，蜂拥而至，停在树枝上，叽叽喳喳叫个不
停，然后齐刷刷地飞向地面，啄食谷物，没有一只麻
雀负责站岗放哨并在遇到危险时向同伴发出信号，麻
雀进入陷阱的瞬间，孩子们就迅速拉动绳子，扣下铝
盆把它们困住，亲爱的猴面包树，任何动物，即便缺
乏常识，也能感知危险的来临，可是没有一只麻雀有
所警觉，真是令人费解，难道它们不觉得在空地中央
摆着一个盆很奇怪吗，它们怎么不想想为什么其他的
鸟儿都不去啄食地上的谷物呢，我从未掉入这种陷阱，
否则现在也不会站在这里向你倾诉，与此同时，我的
同伴们已经被老豪猪彻底蒙蔽，都以为我迟早会被人

类抓走，老豪猪如是说，"鼓是用离开了母亲的幼鹿鹿皮制作的"，它断定我根本不懂这句话背后的含义，它的一番话在豪猪群中引起一片哗然，后来，几个同伴经常将这句话挂在嘴边，一边重复，一边模仿老豪猪的动作和神态，它们冷嘲热讽，还给我起了个外号，喊我"幼鹿"，终于有一天，我忍无可忍，觉得它们的玩笑并不好笑，我告诉它们，幼鹿是麋鹿、梅花鹿或狍子等兽类的幼崽，而我是一只豪猪，一只骄傲的豪猪

　　既然成为人类邪恶附体的动物必须离开自然世界，离开家庭，我和豪猪大家庭的缘分就只能止于莫萨卡，豪猪本是出了名的独行侠，能跟同伴们共同生活已经是我的福分，老豪猪每晚都会把大家召集到一起听它高谈阔论，它声称，在这片树林里没有任何生物是不可替代的，它知道总有些豪猪自命不凡，但它自有办法对付，很显然这番含沙射影的话是冲我说的，它看我不做声，就干脆把话挑明了，说，"在支流里独自漂游的鱼儿注定成为市场上售卖的咸鱼"，它还强调说，我曾是个孤儿，如果不是它收养我，我早就命丧黄泉了，它说我的父母和我一样不开窍，我出生后三个星期，它们就一去不返，老豪猪吹嘘说是它和已逝的配偶将我收留，它一桩桩一件件地讲述我如何整天好吃懒做，如何被一只小蜥蜴吓得魂飞魄散，其他豪

猪笑得前仰后合，不过也正是由于老豪猪，我才得以对我的父母有所了解，它们似乎与人类交往甚密，经常半夜溜走，游荡于莫萨卡村庄周围，第二天清晨拖着疲倦的身体回到灌木丛，满眼血丝，爪子沾满泥土，然后像睡鼠一样整天昏睡，老豪猪对此没做任何解释，我把它讲述的只言片语拼凑起来，真相便逐渐浮出水面，尤其是当我感到奇邦迪的召唤时，我就更加确定了一件事，我的父母也曾是人类的邪恶动物附体，我的家族世代为人类服务，并非为了生活更美好，而是有最坏的打算，我接受了这个事实，不过每当老豪猪讲述我父母如何死去时，我都对它恨之入骨，老豪猪是这样讲的，一天晚上，它偷偷尾随我的父母，想要弄清楚它们急急忙忙究竟要赶往何处，老豪猪由于当时已有眼疾，在经过一片树林时被甩在了后面，此后的一个星期，我的父母杳无音信，直到第八天，噩耗传来，一只因掉入人类陷阱而跛脚的猫头鹰飞来通报老豪猪，说我的父母在莫萨卡村附近被一个猎人杀死了，许多豪猪早就料到它们会落得如此下场，此后，豪猪群迅速撤离，搬到了距离原居住地几公里外的地方

我不想时不时纠结于我父母的命运，因为我并不
了解它们，任凭老豪猪怎么胡言乱语，随意捏造，我
相信自己的直觉，我越来越频繁地溜出灌木丛，并
有意延长离开的时间，第一次，我连续失踪了四天四
夜，我仿佛收到某种强烈的召唤，一往无前，没有什
么能阻挡我，我失踪以后，同伴们发疯似的到处找我，
搜遍树林里每一个我们曾经一同饮水嬉戏的地方，过
去豪猪一起饮水的时候，会派一个同伴站在旁边放哨，
以防中了猎人的埋伏，但是这些地方都不见我的踪影，
它们绝望了，只能去询问其他动物，可是没有动物知
道它们口中所描述的究竟是哪只豪猪，有些动物告
诉它们，说我在树林里四处探听，还有动物补充，说
我一如既往地疑神疑鬼，躲在树后，有一天，老豪猪
声称看到我一瘸一拐，走路姿势非常奇怪，说我肯定
是落入了那群吃奶的孩子设的陷阱，脚才会受伤，面
对老豪猪的弥天大谎，几个很喜欢我的同伴愤慨不已，
跟老豪猪高唱反调，并继续展开搜寻，它们知道我喜
欢藏身于树洞中，特别是像你这样的树，于是先寻找
猴面包树树洞，随后寻找附近的橡树树洞，住在树洞

　里的松鼠因为几只豪猪而不得安宁，气得用自己的语言破口大骂，不断朝它们投掷橡树果，其实我当时就在莫萨卡村附近踟蹰，想要深入了解那个即将与我结合的人，我曾在睡梦中见过他，对他有一个模糊的印象，当时正值深夜，我感到身体一颤，却不知这颤动来自何方，我觉察到那或许是因为动物与人类的结合，我只是想要确定我没有认错主人，却并未打算永远留在莫萨卡，永远离开我的同伴

亲爱的猴面包树，事实上，离开灌木丛时我真的没想过永远离开，我跟你发誓，我非常珍惜与同伴们在一起的时光，我相信我可以以双重身份生活，白天与同伴们称兄道弟，夜晚执行主人布置的任务，可是对于动物附体来说，这一切都是天方夜谭，在我动身前往莫萨卡的途中，我突然感受到一股液体流入身体里，那是奇邦迪喝下的药水，我开始呕吐，眩晕，视线模糊，我身上的刺变得沉重无比，无法看清眼前的东西，我似乎听到奇邦迪的呼救，他需要我，我必须尽快赶到他身边，否则他将难逃厄运，他的生命掌握在我手中，我们同呼吸共命运，我就是他，他就是我，为了让一切顺利进行，我必须尽快出现在奇邦迪面前，我的心脏快要爆炸了，我是谁，我在哪里，去莫萨卡做什么，我都不清楚，只能不断向前，顺着脚下的

路一直前行，我还有数公里的路要赶，一天之内肯定无法到达，我不应该停下来，但是途中忽遇大雨，我只得在山洞中过夜，与一群害怕我的癞蛤蟆和老鼠一起休息，第二天再继续赶路，我非常不喜欢雨，因为我的许多同伴被雨水卷入了尼阿里河，摔下瀑布，命丧黄泉，我终于在第二天傍晚到达莫萨卡地区，来到村庄时我已经精疲力竭，口干舌燥，昏昏欲睡，我来到一所茅屋后面休息，屋子的不远处有一条小河，我第一次发现这条河，它是尼阿里河的一个支流，整个国家被尼阿里河一分为二，我想着在此歇息一夜，第二天早晨再去寻找奇邦迪一家居住的茅屋，因为晚上去太冒险，很容易碰到猎人或者猎犬，深夜时分，一阵冷风吹过，卷起满地的落叶，我突然听到奇怪的声音慢慢向我逼近，我惊恐万分，心想，"是人类，我以豪猪的名义发誓，一定是有人看到了我，想要猎杀我，我必须马上逃跑"，我要尽快逃离我的藏身之处以脱离危险，可惜的是，我浑身瘫软，好像被催眠了一样，一步也挪不动，事实上是我搞错了，原来那声音是来自一只"野兽"，它朝我走来，我无法判断是什么动物，只希望它的体型比我小，我竖起身上的刺想要吓退它，跟同伴们的虚张声势相比，我已经准备好用我的尖刺投入战斗，当这只动物终于走到我面前时，我长吁一口气，放下心来，忍俊不禁，我无须做这种得不偿失的事，因为站在我眼前的不过是只可怜的老鼠，我想起老豪猪说过的话，他说我小时候看到一只小蜥蜴就吓得魂飞魄散，也许它没有骗我，老鼠似乎迷路了，或许它只是想问路而已，可惜我爱莫能助，我对这个地区并不熟悉，随后我就改变了对它的看法，我发现这只老鼠有些异样，它行动迟缓，步履维艰，后脚已失去行走能力，种种迹象表明，它年事虽高，但绝非等闲之辈，它的到来绝非偶然，或许是为了除掉我，阻止我和奇邦迪相见，它那凸出的眼睛死死盯着我，噘着嘴，我无动于衷，要让它知道我绝不会因为莫萨卡的老鼠大惊失色，我见过比它更恐怖的生物，它围着我转了一圈，用鼻子嗅了嗅我的私处，用舌头舔了一下，然后消失在夜色中，它钻进了附近的一所茅屋，离这里百米左右，我恍然大悟，那里就是奇邦迪的家，而老鼠则是奇邦迪父亲的邪恶动物附体，它来找我，是想确认我的身份，这是仪式的最后一步，整个仪式以父亲让儿子喝下玛雅樊比药水开始，转化过程大体如下，首先转变的是人，传授者与转变者分别喝下药水，然后转变的是动物附体，前者附体与后者附体相见并舔其私处，其实奇邦迪父亲的附体是想来确认与他儿子共存的是否是一只勇敢的动物，是否能做到临危不惧，一旦我转身逃跑，或表现出丝毫恐慌，它就会毫不留情地杀掉我，亲爱的猴面包树，可以看得出，它对奇邦迪的父亲可谓是尽心尽力了

我失踪了四天四夜，消息很快在豪猪群传开，有的动物散播谣言，说在一株棕榈树下看到一具豪猪尸体，听闻此事，我的同伴们狂奔过去，无数次返回棕榈树，盯着被红蚁啃食的残骸，最后一致认为那不是我的遗体，因为尸体嘴部呈现畸形，尽管如此，它们也不再抱有幻想，不可能用一辈子来寻找我，最终还是要接受现实，做好必要的安排，垂头丧气地回到灌木丛，我能想到的是，老豪猪满意地向我的同伴们宣布我的死讯，跟它们说我落入了莫萨卡小孩的陷阱，

我猜想，它还会接着说我天生顽钝固执，像人类一样自视甚高，说我喋喋不休，最终为自己的自命不凡付出了代价，说我放弃了自由，选择被驯养的生活，我也能够想象，按照习惯，老豪猪会猛烈抨击我，这一点毫无疑问，它会说我像头蠢驴，还会借此契机滔滔不绝地说教，讲述中甚至津津有味地插入引人深思的寓言故事，我猜它会给豪猪们讲"城里老鼠和乡下老鼠"的故事，一天，城里老鼠和乡下老鼠正在一户人家里偷吃食物，突然，房子的主人走过来，两只老鼠便快速地躲起来，过了一会儿，周围渐渐安静下来，危机解除，城里的老鼠建议回去继续享用美餐，但是乡下的老鼠断然拒绝，它告诉城里老鼠，在丛林里，永远不会有人来打扰它进餐，亲爱的猴面包树，老豪猪也许会用辛辣的语言揭示这则寓言故事所蕴含的道理，它最后会犀利地总结说，"虽然物质充裕，可是内心却战战兢兢，如履薄冰，这样的快乐不值一提"，但我的大部分同伴根本不理解，我小声解释给它们听也没有用，老豪猪肯定还会嘟哝这样一句话，"没有了自由，珍馐美馔犹如粪土"，相信我，它会使出浑身解数，千方百计地证明，凡是去人类世界冒险的豪猪，终会落得与我一样的下场，最后，它可能会说，"看啊，这只聒噪无知的小豪猪，它的下场就是如此，我看着它出生，收养它，照顾它，它小时候看到蜥蜴就吓得魂飞魄散，总是到处拉屎，没想到这只小豪猪竟如此忘恩负义，一切都是大自然的安排，我们这些豪猪注定要背负身上的棘刺，幼鹿皮终究还是被人类做成了鼓，希望大家都能以此为戒"，我能想象到，我的同伴们那天肯定悲痛欲绝，可是老豪猪绝不会因此收敛，它口若悬河，还不忘讲述两三个从外祖父母那里听来的寓言故事，我猜它一定会讲我的同伴们最喜欢的那个故事，名为"燕子和小鸟"，从前，有一只燕子游历四方，见多识广，凭借其丰富的经验为水手们预测大小风雨，这只燕子对自己在旅途中获得的知识和经验深信不疑，一天，为了让一群无忧无虑的小鸟免遭危险，燕子警告它们，人类开始播种之日，便是厄运到来之时，人类的播种将毁灭带给它们，当务之急是想方设法破坏种子，将其啄食掉，否则小鸟们将难逃厄运，要么被关进牢笼，要么成为人类的盘中餐，小鸟们却嗤之以鼻，充耳不闻，它们认为燕子成天漫无目的地到处乱飞，早就失去了辨别力，燕子的苦口婆心被当作不着边际的推论，最终预言应验了，很多小鸟被人类捉去，关入笼子，鸟群惊恐万状，讲到这里，老豪猪顿了顿，用一句话总结故事寓意，"不见棺材不落泪"，我也毫不怀疑老豪猪或许还引用了其他寓言故事，但我不在，没人能听得懂，正如我所说，是我一直在尽力给其他同伴解释老豪猪的各种比喻和象征，老豪猪讲完燕子与小鸟的故事后，一定为自己的智慧沾沾自喜，然后不苟言笑地说，"我就是那只燕子，而你们就是那群一无所知的小鸟，你们不会明白，我所言皆为智慧之语，你们不会懂的"，如果我的豪猪伙伴们仍然困惑不已，老豪猪会愈加讽刺地说，"你们这群无知之辈，只有智者可以听到蚂蚱射精"，但是这次它可能俨乎其然地说，"这个话题到此结束，在这片丛林里，没有动物是不可替代的，那只非要学人类的'幼鹿'只能自认倒霉"

许多同伴为我的失踪感到悲伤，尤其是那些喜欢听我讲述人类故事的同伴，很多次，豪猪们翘首以盼，希望老豪猪讲讲人类的生活，它却转过身去，假装陷入沉思，自称要静静地祈祷，不许别人打扰它，然后就爬到树冠上，紧闭双眼，磕磕巴巴地开始祷告，嘴里念念有词，我以为我听到了人类祷告的声音，因为豪猪叨咕起来同人类的声音相差无几，令我感到无比自豪的是，直至今日，我的几个同伴从未失去希望，它们相信总有一天会与我团聚，因为它们知道我小心谨慎，根本不可能掉入小孩子的陷阱，它们不会忘记我曾多次跟他们讲过这种被大家嗤之以鼻的小把戏，它们欣赏我头脑清晰、反应灵敏、动作迅速、聪慧过人、足智多谋，它们很清楚，我可以瞬间识破孩子们的陷阱，我的同伴们或许时常幻想与我重逢的那天，它们会嘲笑老豪猪，说它的智慧不过是眼睛里的一粒沙子，它们会问我各种问题，问我在人类世界的奇妙经历，它们最好奇的应该是人类与动物之间的关系，它们一直想知道人类是否相信豪猪会思考，有想法，并能够将其实现，它们也好奇人类是否意识到自己给动物带去的伤害，是否知道自己是何等自负、何

等自视甚高，我的一些同伴从未踏足村庄，只是远远 地望着人类，它们实际上并不了解人类，它们对人类

的偏见都来自老豪猪的灌输，当它们听说人类为了显

示自己比其他动物高级，只用双脚而不用四肢走路时，

纷纷捧腹大笑，它们同情人类，饶有兴趣地听着老豪

猪讽刺人类，老豪猪声称人类身上没有自我防御的棘

刺，他们是这世界上最丑恶的生物，罪不可赦，没有

什么可以减轻他们的罪行，是人类让我们的生活变得

如此艰难，我们希望能与人类和平共处，他们却充

满敌意并对我们的诉求充耳不闻，在丛林中追杀我们，

除非让人类经历一场恶战，死伤惨重，留下难以磨灭

的记忆，不然他们永远不懂得和平共处的重要性，所

以我们要回敬他们，即使面对刚出生的婴儿，也不能

手软，因为"小老虎刚生下来就有爪子"，亲爱的猴

面包树，由此可见，老豪猪对人类真是深恶痛绝啊

　　很快，豪猪族群确信我已死亡，我推断是老豪猪

决定尽早迁移，通常来讲，豪猪族群中任何一员死亡，

整个族群会在接下来的两到三天内迁移至新的栖息地，

原因主要有两个，一是，我们对冥界有一种极度的恐惧，我们相信那个世界充满恐怖生物，搬家是唯一能缓解不安和恐慌的方法，老豪猪更是火上浇油，声称豪猪死后会变成恶灵，在几天后回到族群，恶灵巨大无比，张牙舞爪，身上的棘刺比猎人手中的刺枪更长、更尖锐，足以遮天蔽日，豪猪们因此惶惶不可终日，生怕恶灵从地狱爬回来用毒刺威胁，令我们不得安睡，说不定还会拔掉我们身上漂亮的刺，二是，豪猪的生存本能让我们在同伴死后迅速迁移，因为我们认为猎人会再次回到猎杀豪猪之地，若恶灵的故事不足以说服大家迁徙，老豪猪就会加上一句，"小心驶得万年船"，如果种种恐吓都失效，它便神秘兮兮地说，"相信我，我就像那跑得气喘吁吁的聋子，我的孩子们，如果你们看到一个聋子狂奔，就跟着他一起跑吧，不要有任何质疑，因为他不是听到了危险，而是亲眼看见了危险"，正是因为这些，豪猪群可能已经离开了我们生活许久的栖息地，它们没有留下任何痕迹，我根本无法找到它们的新住所，即使我的同伴想用一些小诡计指引我找到它们新的栖息地，例如沿路用橡树果或身上的刺在地上做标记，留下自己的粪便或尿液，D57 在每棵树上留下抓痕，折断沿途的芦苇，所有这些都将是徒劳，因为老豪猪会把所有痕迹都抹去，说不定为了更好地监督豪猪们，破坏它们的诡计，它会走在队伍的最后，确保豪猪们不留下任何标记

　　第五天，在与奇邦迪建立联系之后，我想回灌木丛休息一下，可是丛林中空空荡荡，同伴们全都不见了踪影，灌木丛一片寂静，我恍然大悟，想必是族群确认我已经死了，所以老豪猪下令迁移，望着冷冷清清的灌木丛，我不禁啜泣起来，每当我听到轻微的响动，就满怀希冀，想象着是我的同伴回来了，我们相互拥抱，蹭着对方的刺来表达重逢的喜悦，它们喊着我的外号"幼鹿"，"幼鹿"，然后我们一起嬉戏打闹，突然，我又听到丛林中传来一阵响动，开心得连身上的刺都开始左摇右摆，谁知又是一场空欢喜，原来只是一只地松鼠冒险从此地经过，它竟肆无忌惮地讥笑我，直到今天我都不明白为什么这些橡树果收集者如此痛恨豪猪，以至于把我们的痛苦当作快乐，我

对地松鼠幼稚的嘲笑和挑衅不屑一顾，就这样过了六天，我一直形单影只，第七天；我看见一只老松鼠经过，这种松鼠对我们豪猪还算友好，因为我们从来不与它们争抢食物，我询问它最近有没有见过一群豪猪离开这个地区，谁知它竟然大笑起来，身体还不停地抽搐，松鼠总是这样动来动去，眼睛四处乱转，不停地抽动鼻子，跟患了癫痫一般摇头摆尾，看上去可笑至极，不过，有时这些习惯的确可以帮助它们逃脱人类的猎枪，我观察了一下面前的松鼠，它的尾巴断了，伤口仍然清晰可见，也许它刚刚从人类的陷阱中逃过一劫，我不想浪费时间弄明白它是如何受伤的，它左摇右晃，用爪子挠挠屁股，愚蠢地笑了一阵子后嘟哝道，"我观察你好长时间了，很好奇你为什么这样痛哭流涕，你在寻找家人，是吗，说实话，我已经好几天没见过有豪猪在这里闲逛了，最近这个地区异常安静，仿佛所有动物都离开了，如果你暂无去处，欢迎你加入我们松鼠家庭，我很乐意把你介绍给大家，雨季将至，你的苦日子也会到来，届时天空的乌云将压向地面，沉重得很，像头野驴的大肚子，那时候每天都是煎熬，来吧，跟我走吧，我们应该互帮互助，你明白吗"，我不想跟松鼠一起生活，不想忍受它们多动的毛病，不想跟它们一起分享橡树果，甚至为了一个烂掉的核桃互相争斗，也不想每天在树上蹿来蹿去，我摇摇头拒绝了它，它不放弃，竭力说服我，见我依旧固执己见，它终于失去耐心，冲我喊道，"你以为自己很了不起吗，哼，傲慢永远不会给流浪汉提供住所"，我回答它说，"尊严就是流浪汉的住所"，它住了口，上下打量着我，临别时对我说，"听着，浑身都是刺的朋友，我盛情邀请你，你却再三拒绝，我虽然很想帮你寻找家人，但是我也很忙，你看，我的同伴们在那边已经等了很长时间，我们一起出来是为了寻找橡树果，你的族群已经迁移到森林的另一头，就在你身后的方向"，它边说边指着地平线，就在那里，天地相接，山峰看起来好像一堆小石子，我知道它是在嘲笑我，看我伤心而在那儿幸灾乐祸，它接着说，"对不起，我要走了，祝你好运，希望你的尊严为你提供住所"，说罢便头也不回地离开了，我望着地平线的方向，又抬头看看天空，擦干眼泪，蜷缩成一团，灌木丛空荡荡的，冷冷清清，寂静似是弃我而去的族群的同谋，正目不转睛地盯着我，我眼前浮现出豪猪同伴们的样子，我看到老豪猪在说话，祈祷，下命令，想到这里，我泪如泉涌，号啕大哭起来，过了一会儿，我深深地吸了一口气，竖起身上的刺，自言自语道，"也罢，从今天开始，我要独自生活"，两天后，在饱受悲伤与孤单的折磨后，我再次上路前往主人的村庄

亲爱的猴面包树，以上就是我为了服侍小主人而离开动物世界的来龙去脉，那时小奇邦迪刚刚喝下药水，后来，我随他一起搬去了色肯庞贝村附近生活，守护他几十年，直到上周五，眼睁睁看着他死去，我却无能为力，唉，每次提到这件事我都很伤感，我不想让你看到我流泪，这真是太失仪了，请让我喘口气，休息一下，再继续向你诉说

我是如何离开动物世界的

奇邦迪父亲是如何将其命运出售给我们的

奇邦迪在世时，没有一天忘记过那个夜晚，也就是他父亲将其命运出售给我们的那个夜晚，祭礼场面总是不由自主地浮现在他眼前，他看见自己回到莫萨卡的那个深夜，蝙蝠成群，令人毛骨悚然，他当时只有十岁，正是那天晚上，父亲背着母亲叫醒他，硬把他拖入森林，就在离开房子前，小奇邦迪看到了难以置信的一幕，他揉揉双眼，竟然在这屋子里发现了两个父亲，一个躺在母亲旁边睡觉，而另一个却站在自己身边，两个父亲一模一样，简直是一个模子刻出来的，只是一个躺在床上纹丝不动，另一个站着，移动着，小奇邦迪吓坏了，开口大叫，站着的父亲立刻用手捂住他的嘴巴，对他说，"你什么也没看见，我就是我，那个睡在你母亲旁边的人，呃，是啊，那也是我，我同时是我和另一个我，你很快就会明白的"，小奇邦迪想逃跑，站着的父亲一个跨步就把他给逮了回来，"你跑不过我的，就算你逃跑了，我也会让另一个我穷追不舍的"，小奇邦迪再一次看了看站在身旁的父亲，又看了看另一个父亲，他感觉自己被绑架了，或许他应该叫醒躺在母亲身边的另一个父亲，向他求救，可是他不能确定那个人是否是自己的亲生父亲，这时候，站在身旁的父亲让他不要胡思乱想，随后点头示意，表示奇邦迪应该跟他交谈，他才是奇邦迪的父亲，真实的父亲，奇邦迪惊讶得说不出话来，父亲再次点点头，露出神秘的微笑，我那小主人最后绝望地望了一眼床上躺着的父母，母亲的手正好搭在沉睡父亲的胸上，"只要事情没有完成，另一个我是不会醒的，这都是祖先的意思，如果另一个我现在醒来，你将失去父亲，来吧，路还长着呢"，他抓住小奇邦迪的右手，近乎粗暴地将他拖了出去，身后的屋门半掩着，父子二人消失在夜色中，父亲紧紧抓着儿子的手，一刻也不肯松开，仿佛害怕他溜走，他们马不停蹄，一直奔走着，时而听到夜莺的啼叫声，最终来到密林深处，月亮若隐若现，悄悄窥视着他们，父亲松开奇邦迪的手，他知道我的小主人不会再想逃跑的事，因为这孩子已经被黑暗吓得浑身战栗，父亲拨开纵横交错的藤蔓，朝竹林走去，从一堆枯叶下扒出一把破旧的铁铲，奇邦迪一直盯着父亲，父亲拿起铁铲，拉着儿子来到林中的一片空地，从这里能隐约听到不远处小河流水的声音，奇邦迪的父亲用嘶哑的嗓音哼唱起来，开始用铁铲刨地，仿佛是技术娴熟的掘墓人，这些掘墓人是破坏墓地的小偷，亵渎死者，偷走裹尸布，再把它们用河水清洗干净，折叠起来放到一个小袋子中，然后拿到隔壁的村子，高价出售给举办葬礼的人，奇邦迪的父亲用铁铲不停地挖着，刨土的声音划破了树林的寂静，对我的主人来说这是段漫长的时光，大约二十分钟以后，父亲把铁铲扔到一旁的土堆上，长舒一口气，"好了，很完美，我们搞定了，你马上就可以解脱了"，他趴在地上，将手伸进土坑，掏出一个用缠腰布包裹着的东西，脏兮兮的，奇邦迪发现那是一把水壶和一个铝制的杯子，父亲摇了摇水壶，然后把里面装的玛雅樊比药水倒入杯子，自己先喝了一大口，咂咂舌头，又把杯子递给儿子，奇邦迪后退了两步，"你这是做什么，啊，这都是为你好，喝下去，快喝"，他抓住奇邦迪的右手，"你必须喝下这药水，这是为了保护你，不要犯傻"，小奇邦迪绝望地挣扎着，不肯顺从，父亲便把他按在地上，捏住他的鼻子，强迫他喝下了玛雅樊比药水，只是几口，小奇邦迪的身体迅速发生了反应，他感到头晕目眩，倒在了地上，他又爬起来，双眼紧闭，身体摇晃，那药水既有发霉的棕榈酒味道，也有淤泥的味道，药水灼烧着小奇邦迪的嗓子，当他再次睁开双眼时，他看见了一个与自己相似的小男孩，小奇邦迪刚刚看清那小男孩的模样，对方就消失在两片灌木丛中，"你看到了吗，那是另一个你，你到底看到没有"，奇邦迪父亲问道，"他刚刚就站在你的面前，这不是幻觉，孩子，从现在起，你就是一个男人了，我真高兴，祖父传给我父亲的，父亲又传给了我，今后将由你延续下去"，小奇邦迪的注意力此刻还停留在那个男孩子，另一个他消失的地方，他仍能听到另一个他踩得枯叶窸窣作响，脚步慌乱，感觉像是有人在背后追赶，过 了一会儿，一切重归平静，父亲终于松了一口气，他等待这一刻已经很久了，他终于帮儿子完成了转化

　　分身与小奇邦迪接触并不多，他更喜欢与我形影相随，不让我睡觉，我听到他在枯叶上行走，跑得气喘吁吁，在灌木丛中深深地呼吸，在河中饮水，有时我会在藏身处附近发现一堆食物，我知道这是另一个小奇邦迪放在那里的，原来有人在照顾我，我为此感到骄傲，也许就是在那段时间我受到了鼓舞，能得到别人的款待，我感到很幸福，我的体重增加了，身上的棘刺也变得更坚硬，我能看到一根根尖刺在正午的阳光下闪闪发亮，我习惯了和另一个小主人玩捉迷藏，他成了我和奇邦迪之间的纽带，如果我两三周见不到他或听不到他的声音，我就会很担心，我会迫不及待地赶往村庄，只有亲眼看到小奇邦迪在租住的院子里玩耍后我才放心，才能安心地回到我的藏身处，就这样我度过了几年的时光，另一个小主人给我提供食物，

我过着丰衣足食的生活，不用为明日担忧，一走出藏身之地就可以饱餐一顿，如果有动物胆敢来偷窃，另一个小主人就会用石头将它们赶走，这一次我终于同意了人类对我们的评价——我过着懒惰的生活

在奇邦迪的青少年时期，我没有做任何具体的事，我们利用这段时间学着共处，协调想法，深入了解对方，我是通过另一个奇邦迪给他发送信息的，后来有一天，我在洼地附近闲荡，突然发现奇邦迪的分身坐在一块石头上，他背对着我，我故意保持不动，不发出任何声音，否则他会再一次跑掉，他正在观察苍鹭和野鸭，我情绪很激动，甚至以为那就是货真价实的奇邦迪，他背对着我，我向前移动了几米，他听到了动静，迅速回头，但为时已晚，我清晰地看到了他的脸，虽说他的一切都源自我的主人，但展现在我面前的那张脸让我惊讶无比，这个奇邦迪没有嘴巴，也没有鼻子，只长着一双眼睛、两只耳朵和一副长下巴，我来不及表达惊讶，他已蹿入水中逃走了，惊扰了满滩的苍鹭，野鸭四散而去，眼前的一切都消失殆

尽，只有未平息的河水，这是我与奇邦迪分身相遇的罕见画面之一，我们最近一次见面是在奇邦迪父亲去世几天后，这个没有嘴的生物前来通知我说，奇邦迪和他的母亲马上要搬去色肯庞贝村了

奇邦迪父亲是如何将其命运出售给我们的

奇邦迪父亲年纪越来越大，仿佛逐渐回归到动物状态，他不再修剪指甲，吃饭的时候时不时抽搐，用脚趾抓痒，看上去像一只逼真的老鼠，莫萨卡的村民起初只把这些当作不怀好意的玩笑，认为不过是那老家伙的一种游戏，但老奇邦迪口中开始长出尖锐的长牙，特别是门牙，粗黑的毛发顺着他的耳根生长，一直垂到下颌，村民们不禁担心起来，况且奇邦迪父亲每到午夜就消失，奇邦迪母亲对此却毫无察觉，因为她丈夫的分身就躺在她的身旁，我的小主人也在无意间发现老鼠成群结队地穿梭于客厅与父母的房间，他认出队伍中体型最大的那只老鼠，它拖着一条笨重的尾巴，耷拉着耳朵，爪子弯曲着，它就是奇邦迪父亲的附体，奇邦迪明白，坚决不能用棍子打这只老鼠，可是有一天，他还是贪玩，开始折磨这只年迈的动物，

他把老鼠药撒在一块土豆上，再把土豆放在老鼠进出的洞穴入口处，几个小时以后，十几只老鼠命丧黄泉，趁父母熟睡，小主人赶紧把老鼠尸体用芭蕉叶包起来，把它们远远地扔到了茅屋后面，让奇邦迪吃惊不已的是，黎明时分，父亲揪着他的耳朵说，"如果你想我死，就在天亮以后直接用刀子杀了我，如今你已经长成了我希望的样子，忘恩负义是不可饶恕的错误，我希望以后别再让我跟你讨论这些"，只有奇邦迪父子二人对此心知肚明，他的母亲全然不知

与此同时，莫萨卡村死亡人数不断上升，葬礼一个接着一个，人们刚刚擦干为某位逝者流下的眼泪，马上又要为另一个人的离去而揪心撕肺，在这个小村庄里，大家都相互认识，可奇邦迪父亲从不去参加葬礼，这便引起了村民的怀疑，人们开始向他投去异样的目光，半路遇到这个像老鼠一样的人时，也都绕道而行，妇女们开始在河边七嘴八舌地议论，男人们在屋子里聚会时每次都会提到他的名字，孩子们看见老奇邦迪在附近，都会吓得号啕大哭，紧紧抓住妈妈

的衣襟，更不用说村里的狗了，这些狗远远地瞥见他就会冲他疯狂吠叫，或者快速跑到主人门前守护，整个莫萨卡的村民都一致认为奇邦迪父亲身上有某种东西，他生活的每一个细节都被放大，任何蛛丝马迹都会被关注，人们开始指责他，说他一直无子嗣，到了两鬓斑白的时候才幸得一子，所有的死亡事件他都无法摆脱嫌疑，例如他自己的哥哥马塔巴里的死，马塔巴里是在树林里锯树时死亡的，而那时他是莫萨卡村最有名的伐木工人，事实是，马塔巴改变了工作方法，把伐木工具换成了电锯，当其他人还在挥动斧子砍树的时候，他已经熟练掌握了电锯的使用技巧，奇邦迪父亲是不是对此心生妒忌呢，嗯，看到哥哥通过租借电锯赚取钱财，他是不是眼红了呢，嗯，他的妹妹玛尼恩吉的死，奇邦迪父亲也有嫌疑，婚礼前夜，玛尼恩吉被发现时已经失去生命体征，一动不动，双眼外翻，所有人都知道，奇邦迪父亲仅仅因为一个在地区间流传的故事就强烈反对妹妹的婚事，他曾声称"就一条，北方人坚决不能嫁给南方人"，还有马图莫娜的死，奇邦迪父亲也脱不了干系，他曾想将这个只有他年龄一半大的姑娘娶回家做小老婆，马图莫娜真的是被玉米粥呛死的吗，那个被他怀疑整天在奇邦迪母亲身边打转的邮递员玛比阿拉，他的死是不是也和奇邦迪父亲有瓜葛，还有被他指责是小白脸的达姆达姆鼓制造商路邦，曾经拒绝为他工作的森加，从不跟他打招呼，而且当众称他为老巫师的葬礼唱诗班成员迪卡莫娜，莫萨卡村第一个拿到文凭的女护士卢比阿拉，奇邦迪父亲认为她废话连篇，只知道吹嘘炫耀自己的文凭，还有这一带最大的农场主尼科雷，这个自私鬼拒绝过奇邦迪父亲，不愿出让河边的那一小块土地，当这些与奇邦迪父亲非亲非故的人相继死去时，他是不是都有嫌疑，亲爱的猴面包树，当大家把这些死亡事件都归咎于奇邦迪父亲时，他只是漫不经心地望着远方的地平线，摆出一副无能为力的样子，表示不屑于"蜥蜴间的小争吵"，没人愿意跟他讲话，他反而更加居高自傲，还要求儿子和妻子也不要跟村里的任何人说话或者打招呼，在路上遇到村民时，他会朝地上吐唾沫，他给村长起各种各样的外号，咒骂村长是个可怜的腐败分子，只把土地卖给自家人，后来发

奇邦迪父亲拿如何将其命运出售给我们的

生了一件不幸的事，奇邦迪家出现了一场纷争，让北部村民记忆深刻，奇邦迪父亲与自己妹妹之间的这次矛盾，也是最后一次，在村民心中撒下了怀疑的种子，因为奇邦迪父亲变得更加令人难以揣摩，他总能化险为夷，除了奇邦迪父亲，绝无他人能做到这一点，亲爱的猴面包树，相信我，直到现在，我都不明白他是如何把这群人耍得团团转的

悲剧发生在莫萨卡的旱季，尼阿里河的河水刚及沐浴者的脚踝，黄昏时分，人们在村庄另一头河的右岸发现了尼安吉－布西娜的尸体，她的肚子鼓鼓的，颈部肿胀，似乎是被罪犯用巨手掐死的，这个女孩是老奇邦迪的外甥女，也就是他妹妹艾塔莱利的女儿，暂且同主人一样称她为艾塔莱利姑姑，年轻的尼安吉－布西娜是与母亲一起来莫萨卡村度假的，她们居住的村庄距离莫萨卡仅几公里远，艾塔莱利姑姑声称自己的女儿绝不可能是溺水而亡的，因为她出生在卢库拉河边，卢库拉河是整个国家最湍急的河流，说她的童年是在水中度过的也毫不为过，所以尼安吉的

死因很可疑，奇邦迪父亲不可能不受到怀疑，艾塔莱
利姑姑威胁说，不把女儿的溺水死亡事件查个水落石
出，她绝对不会离开莫萨卡，局面变得十分紧张，艾
塔莱利姑姑从哥哥家搬出来，住进了一个朋友家里，
她把自己关在屋子里，不再出门，直到需要把尼安吉
的遗体送回她与丈夫生活的斯阿奇村那天才终于露面，
而奇邦迪父亲这回只要双脚迈出门，就会听到"巫师"
这个词铺天盖地而来，村民们将他视为"鼠疫"，不
给他任何解释的机会，他本想跟自己的妹妹好好谈谈，
告诉她什么罪名都可以往他头上扣，唯独"吃掉"自
己外甥女这个罪名不能接受，亲爱的猴面包树，我要
给你解释一下，对于那些否认有两个世界并行存在的
人，尤其是不相信动物附体存在的怀疑论者来说，我
说的"吃掉"是指，通过莫名其妙的方式结束一个人
的生命，我以豪猪的名义发誓，尼安吉－布西娜被埋
葬在斯阿奇村的那天，人们守株待兔，手握涂有毒液
的标枪，谋划着在奇邦迪父亲来村子里参加葬礼缅怀
外甥女之时，用有毒的枪头当众刺穿他的胸膛，但是
奇邦迪父亲在最后一刻改变了主意，他派老鼠提前打

探消息，得知了此阴谋，老鼠告诉他，艾塔莱利姑姑
和来自斯阿奇村与莫萨卡村的几个同谋共同策划了这
个巨大的陷阱，艾塔莱利姑姑并没有善罢甘休，就在
尼安吉下葬一个星期之后，她一大清早就带着由四个
村民组成的代表团出现在莫萨卡村，她斥责奇邦迪父
亲，并直言不讳地说，"是你吃掉了尼安吉－布西娜，
是你吃了她，众人皆知，大家都这样说，你看着我的
眼睛，承认吧"，奇邦迪父亲反驳她，"我没有吃掉她，
我怎么可能吃掉我自己的外甥女呢，我甚至都不知道
该如何吃掉一个人，尼安吉是溺水而亡的，事实就是
如此"，艾塔莱利姑姑提高嗓门，"你若有种，就跟我
们一起去勒卡纳村，唐贝－艾苏卡祭司会在跟我一起
来的这四个证人面前让你哑口无言，这些证人是我分
别从四个不同的村庄挑选的，而且其中一人就是莫萨
卡村的"，出乎众人的意料，奇邦迪父亲竟然丝毫没
有反抗，也许是迫于众人的压力，他穿上橡胶鞋，披
上长袍，轻蔑地说道，"我跟你走，妹妹，你这是在
白白浪费时间"，艾塔莱利姑姑反驳说，"不要再叫我
妹妹，我不是食人狂的妹妹"

艾塔莱利姑姑根据当地传统，从四个不同的村庄挑选证人，以保证证词的中立性和公正性，并由村民代表随后将结果带回到各自的村庄，一行人走了大半天才到勒卡纳村，那里住着远近闻名的唐贝－艾苏卡祭司，他是一位出生时就失明的老人，骨瘦如柴，每次摇头时下巴上的长胡子都会扫过地面，据说国家的统治者折服于他的学识，也曾找他咨询过，他从不洗澡，因为洗澡会使他的神力消失，他总是穿着一身破旧不堪的红衣服，在自己的竹床边大小便，他能呼风唤雨，支配太阳，他只在咨询者的要求被满足后才收取报酬，而且只收小贝壳，一种在古代王国时期流通的货币，他不信任当今国家流通的钱币，官方货币对他来说只是一个圈套，他认为时代没有改变，坚信这个世界仍然由很多王国构成，每一个王国都有自己的祭司，而他是祭司之首，是最厉害的，但凡有人来到伫立在山丘上的这间茅屋前，他便发出一声冷笑，令拜访者不寒而栗，他会先仔仔细细说出拜访者的过去，从出生日期、出生地点到父母的姓名，然后说出拜访者此行的目的，边说边摇晃着头上仿佛与他融为一体的狰狞的面具，就是这样一个祭司，将要为奇邦迪的父亲和姑姑做出评判，赶路途中，四位证人想方设法调节兄妹之间的矛盾，但这二人一路上缄口不言，一行人终于在中午抵达勒卡纳村

　　亲爱的猴面包树，前往山丘拜访唐贝-艾苏卡的人络绎不绝，勒卡纳村的村民们对此早就习以为常，唐贝听到有来访者的脚步声，便在屋里声嘶力竭地喊道，"你们这群人，来我家做什么，啊，唐贝-艾苏卡可不管你们自己就能解决的芝麻粒小事，没有正经事不要打扰我，我不需要你们的贝壳，罪人待在原地没有动，我看见有水，是的，我看见了水，我看到一个年轻女孩正在被水淹没，女孩就是被女士指控的那位老先生的外甥女，如果你们固执己见，如果你们不相信我，那么就进来吧，一切后果自负"，艾塔莱利姑姑态度非常坚决，一行人进了茅屋，除了屋内散发的阵阵腐臭味，更让六位到访者感到厌恶的是那几副面具，它们凶神恶煞，似乎被这群陌生人的顽固和鲁莽激怒，唐贝-艾苏卡眼神阴郁黑暗，他坐在一张豹

皮上，手里把弄着一串用蟒蛇小骨做的念珠，蟒蛇头就摆放在茅屋入口处，拜访者们直接席地而坐，祭司沉思一会儿，嘟哝着，"你们这群怀疑论者，我已经警告过你们，你们当中没有凶手，为什么还要坚持进来，啊，你们难道是在怀疑我唐贝－艾苏卡吗"，艾塔莱利姑姑双膝跪地，趴在祭司脚边开始哭哭啼啼，用缠腰布的一角擦擦眼泪，祭司推开她，"您要搞明白，我这里不是哭天抹泪的地方，下面有个小坟场，那里有无数的骷髅等着您，自己随便选个坟墓趴着哭吧"，艾塔莱利姑姑不肯放弃，嘟哝着，"唐贝－艾苏卡祭司，我女儿的死必有蹊跷，她不能就这样死了，我求求您，再好好看一下，您一定能帮我，您的巫术是全国最顶尖的，最响当当的"，她再次泣不成声，全然不顾祭司的厌烦，"真他妈的，安静点，我已经说了，您是想让我把您从这儿赶出去吗，啊，您想让我放出野蜂蜇您的屁股吗，您这是演的哪出戏，您把我当成什么了，为什么您还不明白，现在站在这里，被您指控是凶手的老先生并没有吃掉您的女儿，我还要跟您说多少遍才行，什么乱七八糟的，如果您还坚

持要知道事实的真相，我就来告诉您，因为我明察秋
毫，无所不知，为了证明这位老先生的清白，你们所
有人都要做一个银镯子测试，你们好自为之啊，我可
提前跟你们说了，现在给你们三十秒时间考虑要不要
我进行这个测试"

　　亲爱的猴面包树，你肯定不会相信的，奇邦迪父
亲答应接受银镯子测试，剩下那些人即使与此事毫不
相干也需要三思后才能下决心，这是因为，唐贝－艾
苏卡彻底失明，他的视力还不如鼹鼠，而且紧张情绪
可能会影响测试结果，奇邦迪父亲没有退缩，艾塔莱
利姑姑迅速擦干眼泪，狂喜不已，大概是因为将要目
睹自己的哥哥在四个证人面前露出狼狈的样子吧，炉
火照亮了整个屋子，仿佛旱季燃起的一片森林大火在
噼啪作响，狰狞的面具似乎在晃动厚厚的嘴唇，对祭
司低声耳语着神秘的魔咒，祭司不断地点头回应，此
时烟雾让来访者的面孔变得模糊不清，他们开始一个
接一个地咳嗽起来，一阵哈喇味袭来，然后是烧焦了
的橡胶味，令人窒息，当浓烟终于消失时，唐贝－艾

苏卡把一口盛有棕榈油的煮锅放在火上，然后扔入一只银镯子，待滚烫的油沸腾一段时间后，祭司毫不犹豫地把手伸入锅内，热油已经没过他的手腕，但是他却毫发无损地从油中取出了镯子，展示给神魂不定的人群看，然后又放回锅中，"现在轮到您了，女士，做同样的动作，请像我一样从热油里把镯子取出来"，艾塔莱利姑姑躲闪一阵后，将手伸入油锅中，抓住了银镯子，发出即将胜利的喊叫，四个证人信心满满，也都成功地将银镯子从锅中取了出来，祭司转向奇邦迪父亲，"轮到您了，我把您放在最后，是因为您被指控是凶手"，奇邦迪父亲二话不说，直接把手伸入锅中，成功地通过了测试，艾塔莱利姑姑目瞪口呆，四位证人也惊愕不已，目光纷纷转向指控人，祭司说，"请四位证人和被错怪的老先生先行离开，在外面等一下，至于您，这位女士，我来告诉您是谁吃掉了您女儿"，艾塔莱利姑姑这次独自面对凶恶的面具，祭司紧闭双目陷入沉思，当他再次睁开眼睛时，艾塔莱利姑姑差点以为他根本不是盲人，祭司直勾勾地盯着艾塔莱利姑姑，发出野狗般的叫声，炉火突然熄灭，

奇邦迪父亲会如何将其命运出售给我们的

祭司开始一边数着手中的骨头念珠，一边吟唱一首艾塔莱利姑姑听不懂的歌谣，眼珠不停地转动着，但是此时已失去了神采，他用大拇指和食指捏住念珠中最大的一个骨头，焦躁不安地捻摸着，吟唱声戛然而止，他拉住姑姑的右手，询问她，"尼库友·马特特是谁，在我冥想时，这个人不断在我的脑海中浮现"，艾塔莱利姑姑惊跳起来，然后迅速恢复镇定，嘟哝着回答，"尼库友·马特特，您刚刚是说尼库友·马特特吗"，她问道，"您刚才听得很清楚，就是他，他很强大，我看不清他的脸，只能辨认他的姓名，我看到他被很多人围着，他们似乎在互相争吵，互相威胁说要杀死对方"，但是艾塔莱利姑姑半信半疑，结结巴巴地说，"不可能是他，怎么说他也是我的丈夫，是我已逝女儿的父亲，您想说是他——他是凶手，这不可能，我告诉您，他不可能吃掉自己的亲生女儿"，"就是他吃掉了那女孩，他是斯阿奇村一个黑恶组织的成员，每年成员都要向组织供祭一个对自己来说最珍贵的人，今年轮到您的丈夫，而您的丈夫有邪恶附体，它是一条鳄鱼，您的女儿是在水中被杀死的，她是被您丈夫的附体拖入水中的，现在您还有什么要说的吗，要么我让四位证人和被您指控的哥哥进来，要么您保持沉默，保守这个秘密"，艾塔莱利姑姑没有做过多思考，立即说，"我希望您能惩罚我的丈夫，我请求您对他施咒，我想要他在我回到斯阿奇村前就死去，这个恶棍，无耻之徒，邪恶之人"，唐贝－艾苏卡在盛怒之下差点恢复视力，"您把我当成什么了，啊，我从未诅咒过任何人，我一直助人为乐，帮助那些遇到困难的人，至于害人的事情，您还是回到您的村子找那些社会流氓或者其他江湖骗子吧，我可不是那种人，您把我当作什么了，啊"，"求求您了，唐贝－艾苏卡，至少要对等在外面的人保密，尤其不能让我的哥哥知道，我之所以错怪了他，都是因为莫萨卡的村民，他们说他拥有一个邪恶动物附体，这附体是一只老鼠，您应该理解我，站在我的立场考虑一下"，祭司起身，对他来说这件事已经结束，送走艾塔莱利姑姑之前，他说道，"这是您的事，我不会告诉任何人，唐贝－艾苏卡已经完成了他的工作，不要忘记关上身后的门，并在门口的篮子里为祖先放入几枚贝壳"

一行人离开了勒卡纳村，面对四位证人接二连三的问题，艾塔莱利姑姑一直保持缄默，奇邦迪父亲脸上则挂着满意的笑容，艾塔莱利姑姑似乎还在责备奇邦迪父亲，二人分道扬镳，奇邦迪父亲独自一人头也不回地走了两个小时，走出去很远才流露出内心的喜悦，哼起小曲，人们都把他当作疯子，他远道归来，走了很长的路，路途中奇邦迪父亲不断回想着刚刚帮他洗脱嫌疑的银镯子测试，忍不住放声大笑，嘴里念念有词，似乎在感谢某人，他走进树林，环顾四周，确保空无一人，甚至连一只鸟都没有后，他将长袍撩至腰部，像要上厕所一样蹲下身来，他深吸一口气，憋住呼吸，使劲儿，再使劲儿，突然发出放屁的声音，从他的屁股里飞出一棵棕榈仁，他抓住棕榈仁，仔细观察，然后凑近鼻子闻了闻，边笑边自言自语道，"我亲爱的唐贝－艾苏卡，你真的是个瞎子呀"，奇邦迪父亲不是平白无故嘲笑这位大名鼎鼎的祭司，因为他是第一个逃过唐贝－艾苏卡法眼的人，但是他高兴得太早了

要说唐贝－艾苏卡失去了理智，亲爱的猴面包树，那可真是看错了他，两个月后，他竟突然来到了莫萨卡村，村民们十分震惊，村里人心惶惶，就连家畜看到他，也纷纷躲起来，祭司是来宣布一个消息的，村民议论纷纷，尤其好奇这位双目失明的祭司是如何独自一人在灌木丛中辨认方向的，后来开始有人说他其实能看到一切，失明只不过是一种掩饰，村长热情地接待他，就像对待一位有名望的显要人物，祭司承认自己第一次施法失败了，他告诉大家奇邦迪父亲对整个村子来说是一个威胁，因此他要揭露这个老人的所作所为，他表示村子里大部分死亡事件的罪魁祸首都是奇邦迪父亲，他还证实，迄今为止，奇邦迪父亲已经"吃掉"了九十九个人，巫师声称，"我今天来这里是为了你们，这个男人是整个地区最危险的人，我

要把你们从他的魔爪中拯救出来，他不会再有机会
'吃掉'第一百个人了"，为了证实自己的话，他根据
记忆，按照字母顺序，接连说出了九十九位受害者的
姓名，其中只有一个不是莫萨卡人，她就是年轻的尼
安吉-布西娜，唐贝-艾苏卡解释了她的死因，事
实上，奇邦迪父亲和斯阿奇村的另一个拥有附体的人
做了一场交易，这场谋杀完全是奇邦迪父亲一人策
划，与艾塔莱利姑姑的丈夫没有丝毫关系，的确是他
"吃掉"了自己的外甥女，"我来到这里是为了把你们
从这个恶魔的手中解救出来，这是我第一次离开我的
茅屋，独自留我的面具在屋内，不过有一点可以确定，
我不会亲手解决这个男人，唐贝-艾苏卡从不杀人，
他只会解救别人，正如你们看到的那样，你们只需要
抓住他的邪恶动物附体，此时，这只动物正藏匿于树
丛中，因为它知道自己死期将至，我已经用我的法力
将它镇住，如果你们亲手逮住了这只动物，那么它的
主人也就任你们摆布了，奇邦迪父亲会在不知不觉中
死去，而你们要做的就是攻击那只动物"，祭司告诉
人们年迈老鼠的确切藏身地，村民们为了感谢他，送

给他一头白色的驴、一只红色的公鸡和一袋贝壳，祭司谢绝在村庄过夜，他要连夜赶回勒卡纳村，村长试图挽留他，"尊敬的唐贝－艾苏卡祭司，您充满智慧，我们对您感激不尽，天色已暗，就在此留宿一晚吧"，祭司回答道，"尊敬的村长先生，您的一番话令我非常感动，但是您知道对于我们盲人来说，白昼的明亮毫无意义，我现在必须启程，返回我的茅屋了，我的面具在等我，请你们不要为我担心，非常感谢你们馈赠的礼物"，说罢，他抓住公鸡的脚，把装有贝壳的袋子绑在驴的背上，便动身返回他的村庄

第二天，莫萨卡村的村长把村里的长老召集起来，共同召开了一场特别会议，做出一个紧急决定，必须趁奇邦迪父亲不备将他抓捕，于是派出十二个身强力壮的大汉去围捕藏匿在树丛中的老鼠，十二人全部配备.12口径手枪，手握涂有毒液的标枪，他们包围了唐贝－艾苏卡所说的灌木丛区域，用火力压制周围成群的老鼠，他们在一枝金盏花下发现了一个老鼠洞，它被掩盖在厚厚的枯叶下，他们不断地挖掘，半个小

时以后，逮住了一只衰老的动物，它已动弹不得，也许知道自己这次难逃一死，它噘起嘴唇，露出门牙示威，却毫无震慑力，它可怜地呼吸着，琥珀色的液体从它的口中流淌出来，一个壮汉举起毒标枪，刺了过去，老鼠尖叫着，棕榈酒一般的白色液体从它的体内飞溅而出，第二只毒标枪射出，正中头部，老鼠瞬间脑浆四溅，十二名壮汉似乎不解恨，将手枪里的子弹都射完才罢休，但那只老鼠早就已经死了

他们回到村庄时，惊讶地得知奇邦迪父亲已经命丧黄泉，村里没有人愿意靠近奇邦迪父亲的茅屋，那个老男人已横尸家中，双眼大睁，眼球向上翻着，靛蓝色的舌头耷拉在外面，一直垂到右耳，尸体已经腐烂，散发着恶臭，气味不断向四周蔓延，直到傍晚，夜色降临，奇邦迪母亲和我的小主人才用棕榈叶卷起尸体，将其拖入树林深处，埋在了香蕉林里，然后悄悄地回到村庄，收拾行装，凌晨时离开了莫萨卡，没有留下任何踪迹，他们朝着地平线的方向前行，最后停在色肯庞贝村，我赶在他们之前抵达这里，我从另

084 一个奇邦迪那里得知了他们马上要离开北部村庄的消息后就立刻出发，先于他们动身，我知道应该一路向南，去一个叫作色肯庞贝的村庄，这就是我们身不由己地成为色肯庞贝村村民的来龙去脉，这是一个好客的村庄，我们本可以在这里过上正常的生活

奇邦迪父亲早晚会将其命运出卖给我们的

奇邦迪的父母是如何在另一个世界相聚的

我的小主人拥有一对异常锋利的门牙，他常用这对门牙把植物的根茎嚼得粉碎，实在令人匪夷所思，我甚至怀疑他在青少年时期只需要吃球茎就足以生存了，奇邦迪最终接受了父亲的死，与母亲在色肯庞贝村定居，共同迎接新的开始，母子二人离开北部地区，远走他乡，过往种种从此烟消云散，莫萨卡的村民联合唐贝－艾苏卡祭司一同攻击奇邦迪父亲的画面也渐渐被遗忘，毫无疑问，奇邦迪母子盼望着从今往后开始一段新的生活，记得二人初到色肯庞贝村时，村民们像对待所有外来者那样对他们敞开大门，奇邦迪和母亲居住在一栋用奥库梅木搭建而成的房子里，屋顶铺着稻草，据说由于村子中心已无地可用，二人当时需要找到落脚之处，不得已只好居住在村庄边缘，我的主人拜一位老木匠为师，学习木工，母亲支付少量的报酬，奇邦迪视老木匠如父，管他叫"老爹"，从来不敢直呼他的真名——马蒂昂戈，老木匠弓腰驼背，走起路来像一只变色龙，时常让奇邦迪想起自己的亲生父亲，在马蒂昂戈"老爹"眼里，我的主人聪明伶俐，充满好奇心，同样的事情，老木匠根本无须重复第二遍，奇邦迪很快就掌握了木工技巧，他一丝不苟，严格遵从老木匠的教诲，每天都会令老木匠惊叹不已，奇邦迪经常对马蒂昂戈"老爹"教授的老套的修筑技巧做出改进，而且攀爬屋顶时异常灵活，一天，老木匠生病了，就把搭建农场屋架的工作交给我的主人，年轻的奇邦迪成功搭建出斜沟、挂瓦条、屋脊、脊檩、望板、屋脊主椽、端部屋面和半山头屋顶，令老木匠瞠目结舌，这些工作可不是随便一个学徒就能完成的，我的主人甚至向他展示如何建造金属屋架，当时的老木匠只建造过木屋架，二人之间相处十分融洽，反倒是我的出现让马蒂昂戈"老爹"起了疑心，我很清楚，老木匠到死都坚信奇邦迪身体

里肯定有某种东西，一天我大胆地在作坊后闲荡，我
的主人正忙着锯木头，我听见马蒂昂戈"老爹"缓缓
走来，他解开裤子纽扣，对着作坊的墙小解，转过身
时，我们恰巧四目相对，老木匠迅速拾起脚边的一块
大石头朝我扔过来，差一点击中我，石头落在距离我
几厘米的地方，这老木匠宝刀未老，身手敏捷，我
顺着河流逃跑了，过了一会儿，他对我的主人抱怨说，
色肯庞贝村的豪猪竟连人都不怕了，而且数量太多，
猎人们应该着手解决这个问题，他还说迟早有一天，
他会亲手抓住一只豪猪，然后配着绿香蕉吃掉它的肉，
他发誓会为此制造一个陷阱，奇邦迪突然停下手中的
活儿，平静地回答道，"老爹，你刚刚看到的并不是
一只色肯庞贝村的豪猪，相信我"，老木匠顿时心生
狐疑，上下打量奇邦迪，摇摇头，手臂垂在身体两侧，
表现出一副无奈接受的样子，"我明白了，我明白了，
我的儿子奇邦迪，我懂了，以前我就怀疑过，但是我
不会把这件事告诉任何人，我不过是个穷困潦倒的废
物，随时都可能离开这个世界，我不会引火烧身的"

几年之后，马蒂昂戈"老爹"寿终正寝，临死前，他把自己所有的木工工具都留给了奇邦迪，我的主人仿佛再次经历了丧父之痛，那年他十七岁，年纪轻轻却掌握了修建屋顶的所有技巧和秘密，已成为当地最出色的手工匠人，色肯庞贝村大部分新房子的屋架都是他修建的，亡灵节的时候，奇邦迪会去马蒂昂戈"老爹"的坟前扫墓，我站在距离坟墓几百米的地方，远远地看到他趴在墓前抽泣，仿佛在哀悼自己的亲生父亲一般，听到身后有声响，我知道奇邦迪的分身躲在后面，我不敢转身，惧怕与这个没有嘴的生物对视，他变得越来越焦躁，或在作坊里睡觉，或在河边哀叹，或在树上攀爬，我有时好奇，他没有嘴是如何进食的，我从来没有见过他吃东西，我最终的判断是，要么食物是通过我的主人进入他的身体，要么他

身上有其他的进食口，亲爱的猴面包树，你可以猜猜

是哪一种

可怜的奇邦迪母亲十二年来一直靠售卖席子为生，
席子是她自己编织的，生意还不错，每逢邻村，如卢
布卢村、奇芒杜村、金科所村或巴达雷贝村集市开放，
母子二人就会去卖席子，奇邦迪的假期都是同母亲的
商贩朋友们一起在集市偏僻的角落度过的，留下我和
他的分身独自在家，我不喜欢与主人分离，因为这可
能破坏我与分身之间的和谐，我从不离开藏身地，分
身会给我送来食物，对此我非常满足，就这样度过了
许多个日日夜夜，我思念着奇邦迪，事实上我根本无
须担忧，奇邦迪不在的几个星期，我对他的所作所为
一清二楚，分身对我毫无保留，例如，我知道主人的
第一次性经历是在金科所，对方是臭名昭著的碧丝古
丽，一个丰乳肥臀的寡妇，她的年龄是奇邦迪的两倍，
这女人对处男情有独钟，近乎痴狂，一旦遇到一个便

扑上去，牢牢抓住，绝不放手，碧丝古丽因此在金科
所很出名，她乐此不疲，围着处男转来转去，爱抚奉
承，为他们准备美食，让他们留宿，有的父母甚至对
寡妇碧丝古丽的行为表示支持，实际上碧丝古丽对送
上门的处男了无兴致，她偏爱自己寻觅种马，即使像
我主人这般骨瘦如柴的也不在乎，捕捉这些纯洁的猎
物，她有自己独特的技巧，首先，她假惺惺地与他聊
天，她会说，"你的母亲真是个勇敢的女人，我们是
很好的朋友"，接着猛地抱紧面前的年轻人，突然把
手伸向他的双腿之间，抓住他的私处，尖叫道，"我
的上帝，你还真有呢，我告诉你，有了它你就可以开
始真正的生活了"，说罢便大笑不止，然后转移话题，
"我的孩子，我开玩笑呢，来吧，我给你做一道金科
所最好吃的菜，车前草炖肉"，人们想着，或许让碧
丝古丽给毛头小伙子们灌输性启蒙知识，倒也不是一
件坏事，但是我的主人对他的第一次性经历感到非常
失望，碧丝古丽过热的欲望令他麻痹，他只能被动地
接受，像是被人强奸了一样，从此以后，奇邦迪染上
了在金科所嫖娼的坏习惯，他认为只有付过钱的女人

DB4 才会温柔地做爱，每次主人来到这些村庄度假，就会把做木工时攒下的积蓄挥霍一空，游荡在堕落的街区，每晚换一个妓女，和浪荡女子喝得酩酊大醉，然后囊空如洗地回到色肯庞贝村，奇邦迪母亲对此心知肚明，早就料到我的主人会沉醉于花天酒地，她等待着将来的某一天奇邦迪会给她领回来一个儿媳妇，或是某个怀孕的女孩在一群人的簇拥下来敲她家的门

我想起有一天，奇邦迪母亲惊讶地看到儿子坐在茅屋门前阅读《圣经》，这本书是金科所的某个传教士送的，他想要劝说奇邦迪信奉上帝，因为他在红灯区撞见了我的主人，这意味着我的主人已误入歧途，成了一个罪人，他必须将其从通往地狱的道路上拉回来，奇邦迪趁自己的文盲身份还未暴露，赶忙拿着《圣经》逃离了这位上帝的追随者，那个身穿长袍的男人没能完成传道任务，数周过去了，我的主人从未翻开过那本书，他把它扔在了床头，以至于书的封面落上了一层灰尘，一天晚上，奇邦迪失眠了，他终于拾起那本《圣经》，从中间翻开，闭上眼睛，把书凑

近鼻子，深吸一口气，纸墨散发出的香气令他心旷神怡，当他再次睁开双眼时，煤油灯散发的光照亮书上的字，暗藏的奥秘渐渐清晰，每一个字母都环绕着神奇的光环，纸上的句子像河水一样流淌，不知从何时起，奇邦迪开始阅读，他的嘴唇不停地抖动，他没有意识到自己看书飞快，眼睛由左至右一行接一行，丝毫不觉头晕，仿佛书上的文字突然有了生命，向他吟诵着真理，奇邦迪脑子里冥想着上帝的样子，想象着那个叫耶稣的神秘流浪者，他再也没有停止阅读，接下来的几天，奇邦迪不眠不休地读书，他平时在屋后自己修筑的作坊里工作，从作坊回来便埋头于书中，奇邦迪母亲对此感到十分诧异，儿子的态度让她觉得可笑，她很好奇，是什么让儿子以这种方式掩饰无知，双手捧着书不足以向他人证明自己是有文化的，奇邦迪是个文盲，他从未踏入学校半步，所以奇邦迪母亲把儿子的这种行为当作玩笑，一天，她终于被儿子的新习惯惹得不耐烦了，她瞥了一眼奇邦迪手中的书，觉得自己似乎也能看懂书上的内容，她发现儿子全神贯注，口中嘟囔着书里的句子，右手食指在书本上来回移动，或许就是在那一天，奇邦迪母亲恍然大悟，儿子之所以这样，唯一的解释就是他拥有了动物附体，在莫萨卡村时，奇邦迪父亲终究还是让他饮下了玛雅樊比药水

　　我的主人从此再也无法停止阅读，他去邻村的集市上购买各类书籍，带回家后或放在作坊的一角，或摆在自己的房间里，渐渐地，他拥有了自己的小图书馆，这些书大多没了封面，还有一些既没有首页也没有最后几页，他在奇芒杜村的圣约瑟夫教堂图书馆一待就是几个小时，不去作坊或者邻村工作时，他就整日读书，也是在那个时期，我开始学会辨别我脑海中闪现的文字和词语，细细观察字母的形状，发现话语可以被印刻在某个地方，真是趣味无穷，从此以后，凡是主人阅读过的文章，我都能倒背如流，有时候，我惊讶地发现自己在自言自语，我后来得出一个结论，人类之所以比动物高级，是因为他们能够把自己的思想和想象记录在纸上，也就是在那段时间里，我的好奇心驱使我走出了藏身之地，当主人和他的母

亲去色肯庞贝村赶集时，我会跑进他的作坊，然后径直奔向放在角落里的书本，书中的词语如同扇动着银色翅膀的小蜻蜓在我脑海中旋转飞舞，我只想确认我是否真的能够辨认这些词语，无意中，我翻开了《圣经》，它被主人放在一堆工具旁边，让那些工具也增添了几分神圣感，我随便翻开一页，读了几章，发现了一些神奇的故事，就像我一开始向你讲述的那些故事一样，我还看了其他的书，我不需要把它们全部读完，因为我的主人会替我阅读，我在夜幕降临之前溜走，以防奇邦迪和他的母亲突然发现我，如果我的踪迹暴露，真不知会发生什么我需要找到恰当的语言来描述奇邦迪母亲的痛苦，她罹患心脏疾病，饱受折磨，却始终隐瞒，不想让儿子知道，我的主人是到了色肯庞贝村后才得知母亲患病的，我们来到这里的第十二个年头，奇邦迪母亲的病情骤然恶化，每次疾病发作，身体状况都非常糟糕，连续好几个小时一动不动，当人们打赌她终于要撒手人寰时，她却突然睁开眼睛，猛地吐出一口气，嘴里嘟哝着，"这该死的疾病休想带走我的命，哦不，我很健康，我有祖先保护，我每日每夜都念着他们的名字，孔迪亚妈妈、穆启拉－马桑沟、肯给－穆启拉、玛姆·索克、恩赞比·雅·莫彭库、塔塔·恩赞比，他们会赐予我一颗全新的心脏，一颗比胸膛里这颗腐烂的家伙跳得更快的心脏"，然而面对一颗日渐衰竭、疲乏无力的心脏，祖先们又能做什么呢，奇邦迪母亲的心脏早已萎缩，仅能为她的身体提供二分之一的血量，祖先们对此也束手无策啊，亲爱的猴面包树，如果是发烧、淋病、血吸虫病、创伤或者头痛，祖先还可以在必要时显灵，但是心脏疾病却截然不同，奇邦迪母亲心里明白，她稍微一动就感到精疲力竭，而且已经一年多没有去集市上售卖席子了，我的主人也不再工作，当我溜进作坊时，我看见里面布满蜘蛛网，书上也落满灰尘，木工工具被搁置一旁，这意味着奇邦迪一连几个月没有爬上屋顶干活了，奇邦迪母亲鼓励儿子重新工作，我的主人勉强答应着，他不再去金科所嫖娼，寸步不离地照料着母亲，让母亲喝一种混合液体，久而久之，她的嘴唇都被染红了，奇邦迪一直待在屋子里，直到母亲与九泉之下的父亲相聚那天才迈出家门，奇邦迪母亲似是知道自己踏上黄泉之路的确切时日，就在她离世的前几周，她把我的主人叫到面前，看到儿子突然像学者一样勤奋好学，奇邦迪母亲觉得蹊跷，也许是出于这个原因，她要求儿子向她发誓，保证不会走父亲的老路，以免像他一样难得善终，年轻的主人答应了她，并以祖先的名义发誓三次，谁知就在他以祖先的头颅许下承诺时，却放出一声响屁，他这辈子还从没放过如此响的屁，撒下这般弥天大谎，倒不如说实话，屁的味道久散不去，奇邦迪和垂死的母亲不得不堵住鼻孔，一阵尸体的腐臭在屋内蔓延，他们把门窗全部打开，整整三十天三十夜，直到奇邦迪母亲去世那天，这难闻的气味才得以消散，那是一个暗淡阴沉的星期一，甚至连苍蝇都飞不动了，色肯庞贝村显得冷冷清清，天空很低，低到人们似乎不用抬手便可轻而易举地摘下一片云，临近中午十一点，一群瘦弱的绵羊不知从何而来，围着主人的作坊绕了一圈后停在茅屋前，在院子里留下一堆羊粪，只听最年老的绵羊发出嘶叫，那声音像是被屠宰的动物发出的，随后成群的绵羊一个接一个地向河边移动，奇邦迪冲向母亲的房间，发现母亲已经没了呼吸，面部僵硬，右手放在左胸上，或许离世前她正像往常一样数着自己最后的心跳，我的主人像疯子一样在村里四处狂奔，将噩耗告诉村民，奇邦迪母亲被葬在专为外乡人准备的墓地里，虽然奇邦迪与母亲已在色肯庞贝村定居多年，但来参加葬礼的悼念者寥寥无几，村民仍把他们当作"来自山里的外乡人"，亲爱的猴面包树，据我所知，人类之间交往，都要先了解对方的过去，这与我们动物世界完全不同，尽管一些群居已久的动物极其反感陌生兽类的入侵，根据我的经验，动物也具有组织性，不仅大象有专门的墓地，所有的动物都拥有各自的领土、领袖、河流、树木和小径，都对属于自己的一方天地倍加珍惜，但是猴子的近亲人类却非常奇怪，陌生阴暗、模糊不清的过去会引起他们的不信任，甚至是排斥，正因如此，没有多少人来参加奇邦迪母亲的葬礼，她的尸体被放在作坊旁他用棕榈叶搭建的一个棚子里，整整三天三夜

亲爱的猴面包树，我希望奇邦迪母亲至少给你留下了一个勇敢女性的印象，她疼爱自己的儿子，谦卑地活着，喜欢色肯庞贝村，整日地编织席子，因为我的主人没有信守承诺，九泉之下的她也许无法安息，奇邦迪从此独自生活，他决定继续做木匠，我在他的作坊周围闲逛，听见他愤怒地挥动工具，暴躁地锯断木板，我看见他离开，然后去邻村的工地上工作，晚

上回来后便躺在床上读书，茅屋寂静无声，奇邦迪母亲的影子时常在屋里闪现，尤其当野猫在深夜发出叫声或树上的水果落入河中时，奇邦迪的分身来见我的次数越来越频繁，他一如既往地只是背对着我，背影忧伤而彷徨，我知道我们变得亲近了，在执行任务之初就很亲近，奇邦迪母亲不在了，我的主人不会再迟疑，从今以后我们可以开始行动了

奇邦迪的父母是如何在另一个世界相聚的

上周五是怎样变成「黑色星期五」的

有件事我想跟你说说，奇邦迪从母亲坟前回来的一天晚上十点左右，我决定去主人房子周围转转，奇邦迪的分身烦扰了我整个下午，我听到他到处乱跑，在草丛中晃动，钻入河水中，一会儿消失，半个小时后又回来，我知道奇邦迪的分身在向我传递消息，我的第一次行动即将开始，我在窝里坐立不安，难以平静，奇邦迪想要见我，我感觉到了，于是我来到了他家的小作坊附近，那时已是深夜，天色黢黑，我只能看清眼前的路，我察觉到房子里没有亮灯，主人往常都会读书到很晚，我还注意到门半掩着，于是悄悄溜了进去，我发现奇邦迪躺在他母亲生前编织的最后一张草席上，虽然是个半成品，但主人却视为珍宝，我上去轻咬他的指甲，啃他的脚后跟，因为他很喜欢这些亲昵的动作，他渐渐醒来，然后站了起来，我看到他穿上了衣服，为了不让我看到他的下体而背过身去，穿过当客厅用的小房间时，我看到主人的分身躺在地上，我和主人离开了茅屋，而他的分身则移动到他母亲最后编织的那张草席上伸展开来，我在主人后面，步步紧跟，主人半闭着眼睛在前面走，好似盲人一般，我们来到了距离烧砖匠鲁布托老爹租地几百米外的地方，主人在一棵杧果树下坐了下来，我看到他在颤抖，自言自语，用手捂着肚子，好像很痛苦，他对我说，"去吧，现在该你上场了"，他用手指了指租地尽头的房子，正当我犹豫不决的时候，他用更威严的语气重复了他的命令，我服从了他，刚到房子后面我就发现了一个洞，大概是附近啮齿动物的杰作，我毫不犹豫地钻了进去，来到了鲁布托老爹女儿奇米奴的卧室，奇米奴是个肤色较浅、面庞圆润的少女，人们都说她是色肯庞贝村最漂亮的女孩，她的四个追求者已经向她父亲提亲了，鲁布托迫不及待地等着明年女孩成年后说出他最终的选择，年轻的奇米奴就在我面前，我观赏着她的美貌，她的腰用布缠着，而我的视线正触及她的胸部，我感到一种强烈的欲望，非常迫切，我很害怕自己的生殖器，我从未和雌性做过下流的事情，即使是与我的同类，我向你发誓，我甚至都没有过性冲动，我没有想过那些事，除了和豪猪群生活在一起时，我的一些伙伴会在老豪猪背对着我们的时候放任自己，展示下半身那东西，这些同伴们都比我年长，可就在我第一次执行任务这一天，我两条后腿之间突然有东西隆起，我的生殖器慢慢变硬，在此之前我一直以为那玩意儿只是用来排尿的，就跟直肠是用来排泄粪便的一个道理，我好羞愧，我向你发誓，直到现在如果我发现对面有一只异性的豪猪向我走来，或者做出求爱的行为，我还是不知道该怎么办，我可能需要为我的附体命运留住童贞，而当其他豪猪在我面前和雌性一起干坏事时，我好像在观看一场下流表演，那过程非常辛苦，但它们最后结束时，都会嚎叫，呻吟，紧紧抓住雌性同伴的刺，我不明白它们在像癫痫发作一样抽搐的时候是什么感觉，而且，我跟你说，它们的刺相互摩擦的声音让我

抓狂，但它们似乎很享受，它们会长吁一口气，然后
陷入一种飘飘然的状态，在这种状态下，就算是还在
摇篮里撒尿的婴儿都可以徒手抓住它们，在第一次外
出行动的这一天我发现，我之所以对雌性豪猪的魅力
无动于衷，是因为我只有在看到人类女性的胴体时才
会有所反应，然而我的任务并不是与这个女孩尝试
什么，正因如此，片刻踌躇之后，我便将盘踞在脑海
中的想法删除，我对自己说，我不是来做这些事情的，
这种事只能发生在同一物种之间，而且为了将这些想
法从我的脑海中移除，我开始想其他事情，我想到这
次任务的目标，想搞清是什么促使主人痛恨美丽的奇
米奴，大概是由于这副美丽的身体，想到这儿，那些
想法再一次出现在我脑海中，我冒着在行动时变弱的
危险，用爪子的背面拍了自己一下，驱散了这些疑问，
但是说到底，即便我把自己的脑袋清空，还是忍不住
会想，我记起奇邦迪是四位提亲人之一，他的求婚成
为村民的笑柄，我的主人因此对自己的行为懊恼不已，
我看到鲁布托老爹好几次和他在市场上谈话，其中一
次他们一起喝了棕榈酒，鲁布托老爹借着酒劲聊起了

奇邦迪的母亲，他说道，"你的母亲是个好人，就算去世多年后村里人也会记着她，相信我，你可以以她为荣，我知道她一直守护着你"，他的话听不出一丝诚意，而且奇邦迪想到，鲁布托老爹也没有出席他母亲的葬礼，也就是说他只是假装对我的主人友好，目的是希望收到提亲者的彩礼，待到时机成熟时他再拒绝这门婚事，所有的提亲者在和"未来岳父"谈话后都坚信自己会成为那个被选中的男人，成为鲁布托老爹为他女儿挑选的如意郎君，不过奇邦迪才不会上当，他知道自己没有丝毫机会，但还是把自己拥有的一切都给了这个骗子，包括母亲的所有遗物、庆典用的草席、盛棕榈仁的篮子和他做木工活儿攒下的钱，他还为他免费修房顶，可他看到的仍然是鲁布托老爹眼中那种填不满的欲望，鲁布托在村子里到处炫耀，诋毁奇邦迪，说他像臭虫一样丑陋，瘦得像相框上的螺钉，他还说我的主人异想天开，一个拥有高贵姓氏的女人是绝不会接受他的求婚的，他要把奇邦迪榨干，榨到只剩短裤、汗衫、塑胶凉鞋，也许正是这件事挫败了奇邦迪，让他产生了反抗的念头，想要修理修理这家人，亲爱的猴面包树，我得跟你说清楚，对于人类来说，"吃"人一定要有确切的理由，如嫉妒、愤怒、羡慕、耻辱，或者是不尊重，我向你发誓，我们没有任何一次是因为寻开心而杀人，在这令人难忘的晚上，年轻的奇米奴睡颜美如天使，两手交叉放在胸前，我深吸一口气，然后将一根最尖利的刺对准她的右额角深深扎了下去，她来不及反应发生了什么，我又射出了第二根刺，她颤抖着，徒劳地挣扎，全身瘫软，我靠近她，听到她没头没脑地喃喃细语，然后我开始用舌头舔她伤口流出的血，看到她额头上被我刺穿的伤口魔法般地消失了，没有留下任何明显的痕迹，即使拥有四只眼也看不出任何蛛丝马迹，我到女孩父母的房间里转了一圈，他们正在睡觉，她父亲打着呼噜，活像一辆呜呜叫着的老爷车，她母亲的左手从床上垂下来，我没有接到杀他们的任务，我真想把两三根刺射向这两个人的额头，但我抑制住了自己的欲望

第二天，恐惧笼罩着整个村庄，奇米奴确实死了，人们一致认为她是被"吃掉"的，更确切地说是在议

论奇米奴父系和母系之间的斗争，这两大阵营大干
了一仗，双方甚至用上了短刀、标枪和十字镐，最终
是色肯庞贝村的村长成功平息了双方阵营的争斗，并
提议在葬礼当天进行人人皆知的尸体指证，找出真凶，
奇邦迪跃跃欲试，亲爱的猴面包树，他为此已经做好
了准备，他的父亲曾教过他如何脱身，我的主人已经
在直肠里藏了一颗棕榈仁，一如他父亲当年试图在敏
锐的唐贝－艾苏卡祭司面前瞒天过海那样，而奇米
奴的尸体也将会指证其他的提亲者为凶手，这个替罪
羊将会和奇米奴的尸体一同下葬，没有其他任何程序，
因为这是习俗

亲爱的猴面包树，让尸体自己指证凶手这种仪式
受到很多人质疑，这是盛行于该地区的一种宗教仪式，
这里一旦有人死去，村民会急忙求助于这个仪式，因
为在他们的意识里没有自然死亡这回事，只有死者才
能告诉活着的人谁是真凶，也许你想了解这个仪式是
怎样进行的，呃，是这样的，四个壮小伙用肩抬着棺
材，一名由村长指派的祭司抓住棺材的一端，击打棺

材三次，并向尸体发问，"告诉我们是谁杀了你，指出凶手住在哪所房子，你不能就这样含恨离开去往另一个世界，现在，动吧，跑吧，飞吧，穿过高山平原，就算凶手身处大洋之外、星辰之畔，我们也会找到他，让他为对你及家人犯下的罪责付出代价"，这时棺材突然开始活动，抬着棺材的四个人似乎被带动着手舞足蹈，再也感觉不到肩上的重量，架着棺材东奔西跑，通常棺材会把他们带到密林之中，然后又带他们一阵快跑回到村里，这四个人踏过荆棘碎石不会感觉疼痛，也不会受伤，扎入水中还不致溺水，穿过森林大火会毫发无伤，曾经有一次，一群白人来到这里想要观摩这个仪式，然后把他们的见闻写进书里，他们自称人种学家，他们向村里的一些蠢货解释人种学家是干什么时遇到了困难，而我却笑了，如果能让事情快点进行，我以豪猪的名义起誓，我愿意告诉这些笨蛋，人种学家是一群讲述其他群体的文化习俗的人，这些群体都拥有一些不同于人种学家自身文化的奇特习俗，就这么简单，但有一个白人不嫌麻烦，向村里这群思想贫乏的人解释说"人种"一词来自希腊语"ethnos"，意思是人，也就是说人种学家研究人、人类社会、人类习俗以及人类的思考方式、生活方式等，他还补充说如果理解不了"人种"，也可以称他们是"社会人类学家"，但村民们仍然很困惑，最后只好理解为无所事事的外国人，或者是来安装监视村民的抛物天线的，总之他们来到了这里，这些白色人种学家或者社会人类学家，他们期待有人死去，结果运气好赶上有人被"吃掉"，但并不是被我的主人，而是被另一个拥有邪恶附体的家伙，他的附体是一只鼩鼱，那些人种学家异口同声地表示，"太好了，我们终于有尸体了，在村子的另一头，明天就下葬，终于可以完成这本'该死'的书了"，他们主动要求自己来抬棺材，因为他们觉得仪式内含蹊跷，是那些抬棺材的人满处乱跑，意图诬陷他人，但有部分村民不同意白人参与仪式，一些祭司也不希望有外人参与村中事务，最后是村长从中斡旋，他保证就算有白人参与，伟大祖先传承下来的仪式仍旧灵验，因为他们的祖先比白人强大，他说服大家这是一次让外面的人大开眼界的机会，而且他们说会把村子写进书中，村子会在世界闻

名，很多来自其他地方的人都会借鉴这个习俗，这对
祖先来说是种荣耀，村民的不满因此一扫而空，这件
事成了他们的集体荣誉，在选择祭司的时候还险些引
发争吵，因为村里有十二个祭司，他们都想主持这个
仪式，此刻他们都争着和白人一起工作，而在几个小
时以前他们对此还无法接受，现在每个祭司都开始炫
耀自己的家谱，但当选者只能有一人，村长找来十二
个小贝壳，在其中一个上面画了一个小十字架，他把
这些贝壳放进一个筐里打乱，让每个候选人闭上眼睛
从筐里随机选一个，谁选到有标记的贝壳，谁就主
持这个仪式，当抽到第十一个贝壳的时候结果产生了，
其他祭司只能眼红，在选贝壳时，这位祭司一直故意
把自己的顺序往后调，这一系列协商终于结束了，那
些人种学家，或者说社会人类学家，在村民的笑声中
抬起了棺材，村民们不再担心会对死者不敬，还发出
哄笑声，就连祭司自己也忍着大笑，敲打了棺材三下，
祭司在恳求死者指认凶手时没找到合适的说辞，但死
者反而知道了祭司的意图，祭司跟尸体对话，并补充
道，"千万别让我们在远道而来的白人面前丢脸，他

们把我们的习俗当作玩笑"，对着尸体说了两遍祷告词后，天上开始下起了小雨，而当棺材开始移动时，一只小袋鼠跳到了棺材前面，在后面抬棺材的两个人种学家嚷道，"兄弟们听我说，放下这该死的棺材，让它自己跑吧，该死的"，而另外两个人种学家答道，"别胡说八道了，伙计们，是你们在移动它吧，该死的"，尸体受到鼓舞，加快了速度，把四个人种学家拖到了马缨丹田，又拖回村里，然后拽到小河边，再将他们带回村里，最后到了老穆布古鲁家门口才结束它的狂奔，棺材鼓足力气，捅破房门，冲进了凶手家中，一只像臭鼬一样散发着恶臭的老鹧鸪从屋里逃了出去，在院子中间绕着自己转了一圈，然后径直向河边冲去，棺材在它逃进小树林前赶上了它，从它身上碾压过去，老穆布古鲁就这样一命呜呼了，亲爱的猴面包树，白人好像写了一本九百页的厚书来叙述整个事件，我不知道村民们有没有因此在世界上声名鹊起，但这之后总有其他白人来到村里，想要考证前人写在书中的内容是否属实，他们中不少人都无功而返，因为拥有邪恶附体的村民对他们心怀芥蒂，久而久之似乎只要有白人来到村子里，就不会再有人死去，就好像死人在与这个仪式赌气，拒绝表演，有些村民的遗言甚至改成了千万不要让自己的遗体参与有白人在场的仪式，这些白人有可能让他们臭名远扬，这下你知道现在人们要举行仪式都得考虑再三的原因了，但说到底，我和你说，亲爱的猴面包树，一个过去被叫作阿梅德的家伙说出了最可信的理由，我之所以说是过去，那是因为他已经不在了，愿他的灵魂安息，他就是人们口中的学者，受过教育的人，他读了很多年书，因此人人都尊敬他，此外他也曾游历河山，坐过好几次飞机，这种吵闹的大鸟可以穿云掠月，每次都擦着你的头顶而过，阿梅德好像是南部最聪明的人，说全国最聪明也不为过，然而我们还是把他杀死了，我一会儿向你细说，就是他声称第一批来的那些白人写的书已经在欧洲出版了，还被翻译成了好几国语言，他还肯定那本书已经成为人种学家的权威参考书，但阿梅德看过之后对其进行了严厉的批判，"这简直是我平生从未见过的欺诈，而且我要说的是，呃，这是一本让人觉得耻辱的书，一本羞辱整个非洲的书，这就

是一群猎奇异国习俗的欧洲人编织的谎话，他们希望
黑人继续身披豹皮，在原始丛林里存活"

　　微风袭来，你的树叶落在我头上，我感到很舒适，而正是这样的细节让我感受到活着的喜悦，抬头仰望天空时，我不禁感叹，你生而逢时，你生活的地方如天堂般美丽，这里绿树环绕，你雄踞整个山丘，俯视周围的一切，俯瞰所有的植物，当你带着饱经风霜的淡然坐看风起云落时，周围的树木无不为你所倾倒，周边的植物站在你身侧只能成为绿树丛中的矮子，你我能听到河水从这里流过，随后撞击在低矮的乱石堆上，色肯庞贝村的人很少来这里探险，就算森林的树木被他们砍伐殆尽，也永远不会有人敢动你分毫，因为村民从心底崇敬你这棵猴面包树，我知道，偶尔也会有人胆大妄为，对你说三道四，我从树皮的脉络中能够读出你的伤痕，一定是村里的一些疯子试图结束你的生命，我以豪猪的名义发誓，在这些疯狂的破坏

中，肯定有人想把你劈作薪柴，他们认为你阻挡了地平线、遮挡了阳光，但他们没能得逞，因为，面对你传奇的坚韧，锯子也只能弯折，之后他们便使用奥库梅木作为棺材和房屋的木料，我的主人也曾使用这种木头搭建屋架，有村民认为你是有灵魂的，是你在护佑这方水土，你的消失会对村庄不利，甚至会带来灭顶之灾，还有村民认为，你的汁液像教堂里的圣水一样神圣，你是森林的守护使者，从蒙昧时期便已存在，也许正因为如此，祭司们使用你的汁液治疗伤患，更有人称同你讲话如同与祖先对话，老豪猪有时会跟我们说，"坐在一棵猴面包树底下，不一会儿工夫，你就能看到宇宙在眼前掠过"，老豪猪还讲过，过去猴面包树可以讲话，可以回答人类的问题，还可以惩罚人类，当这些猴子的近亲联合起来对抗动物的时候，猴面包树会用枝条鞭笞他们，老豪猪还补充道，在那个时代，为了能更好地扎根于地下，猴面包树可以从一个地方移动到另一个地方，选择更适宜的土地生存，有些猴面包树来自遥远的地方，非常非常远，这些猴面包树与来自不同地域的猴面包树相会，因为大家总是相信外面的土地比我们出生的土地好，别处的生活更容易适应，而我想象中的那个时代是一个大迁移的时代，距离在那个时代不是问题，现在再也没有人相信老首领的话了，"一个怎样自恃有理、藐视常规的人才能有那样的想象力，大树扎根是一劳永逸的，怎么可能移动呢，呵"，不信的人肯定会马上反驳，"那为什么我们待的山头不会动呢，哼，山峦也能聊天，它们相互靠拢在一起，在山脚下形成十字路口，一起讨论天气是晴是雨，还会相互交换地址，相互问候家人，都是胡说八道"，但我是相信的，这一次我相信

老首领说的话，老豪猪告诉我们的不是神话，也不是空谈，它很有道理，我知道你也会被迫移动，你不得不逃离沙漠逼近的地区，逃离干旱地带，远离你的家庭，来到多雨湿润的地方，你选择这个国家最丰饶的地区扎根绝非偶然，我不知道周围是否有其他猴面包树，我倒是很想追溯你的家谱，了解一下你从何处来、你的先辈在何方，可是，我可能跑题了，为什么要讨论你啊，我是来向你忏悔的，呃，这也是我人性的一面在作祟，事实上，我从人类那里学到了打岔，他们从不直奔主题，总兜圈子，啰唆个不停

　　我不喜欢像阿德梅这样的年轻书生，他还不到三十岁，我们就把他"吃掉"了，他已经读过那些人种学家或社会人类学家写的关于尸体指证仪式的书，我之所以告诉你这些，是因为我绝不后悔杀掉他，就是这个年轻人，他狂妄自大，自恃高人一等，自认为是这个村子、这个地区，甚至这个国家最聪明的人，他经常穿着涤纶衣服，打着亮铮铮的领结，穿着只有坐办公室的人才穿的皮鞋，办公室里的人一个个懒洋洋地坐在那里，整天装着看文件的样子，一天该办完的事总是要拖到次日，阿梅德走路时胸膛挺得老高，只是因为他多喝了几年墨水，多去过几个飘雪的国家，我跟你说，当年他回村探望父母的时候，村里的年轻女孩那叫个狂热，前拥后簇，连早已有主的妇女也都撇下丈夫，对他穷追不舍，她们给他带吃的，偷偷放

在他父亲的房子后面，为他洗脏衣服，无论在河边、草丛、田野、教堂后还是坟地旁，这家伙随时随地都能与已婚妇女和狂热的女孩勾搭，我真的不敢相信自己的眼睛，他确实生得英俊，体格结实，此外，他还经常做出阴柔的动作彰显自己的帅气，村里人从没见过如此娇柔的姿态，在河边戏水的时候，他顾影自怜，许久不肯离去，全身上下涂抹了香膏，看着平静水面上自己的倒影，对自己的仪态甚是满意，他自言自语，说自己很漂亮，非常漂亮，有一天为了更好地欣赏自己的全貌，他还差点溺水，他一只脚踩上了长满青苔的石头，嗬，我以豪猪的名义起誓，他脚底一滑，栽进了水里，但上帝眷顾他，他水性还不错，三下五除二游到了对岸，笑得像个白痴，其他游泳的人立即为他喝彩，为了纪念他与死神擦肩而过的这一天，他摘了一朵朱槿扔到河里，目送它漂走，最后消失在长满睡莲和蕨类的地方，自此村里人不再称这种花为"朱槿"，而是改称为"阿梅德之花"

阿梅德最恶劣的行径就是大呼小叫地批评长者，

把他们当成老傻帽、蠢货、白痴，只有他自己的父母得以幸免，据他说，如果他的父母有机会上学，也会和他一样聪明，因为他们的智慧一脉相承，天一亮，这个狂妄自大的人就会坐在一棵树下，捧着一本字很小却很厚的书，大部分是小说，啊，你肯定没看过小说，这一点我不想多说，免得污染你的耳朵，我认为小说就是人们用来讲述不真实故事的书，他们假装故事都是自己想出来的，有的小说家还出卖自己父母的经历，盗用我这个豪猪的身份，从中汲取灵感，在故事中我的角色永远是坏的，就是个臭名昭著的动物，我向你保证，人有很多很多烦恼，所以需要用小说来臆想另一种生活，亲爱的猴面包树，沉浸在这些书中，他们可以纵观世界，眨眼的工夫就能离开丛林，去到遥远的异域，体悟其他人、其他动物，甚至豪猪的生活，这些豪猪背负着比我更沉重的过去，当阿梅德为年轻姑娘讲述书中故事的时候，我藏在灌木丛里偷听，不禁心驰神往，女孩们看他的眼神也带着更多的尊重和敬仰，因为在猴子的近亲人类眼中，一个人读的书越多，他就越有资格炫耀或贬低别人，他们喜欢滔滔不绝，尤其喜欢从最难理解的书中引经据典，让别人知道他们读过什么，阿梅德还向这些可怜的女孩子讲述了一个出海打鱼老人的不幸故事，老人独自和大鱼抗争，在我看来，这条大鱼是另一位嫉妒老人丰富阅历的渔夫的邪恶附体，这位大才子还讲述了一个喜欢读言情小说的老人的故事，他帮助一个村子摆平了在那个地区引起恐慌的野兽，我敢确定，这头野兽就是那个遥远国家的一位村民的邪恶附体，阿梅德还多次讲过一个乘坐飞毯的男孩的故事和一位族长的故事，那位族长建立了一个名叫"马孔多"的村庄，他的后代遭到诅咒，生下来就是长着猪鼻子和猪尾巴的半兽人，我觉得这些故事都与邪恶附体有关，根据我的记忆，他还讲述了一个始终在和风车做斗争的怪人的故事，还有一位迷失在沙漠中想要得到增援的军人的不幸故事，这位老上尉一直在等待军队的回信，等待自己的抚恤金到位，他与生病的妻子和一只斗鸡过着贫穷的生活，斗鸡是他唯一的希望，也是一生中唯一的荣光，这只鸡很有可能是个和平附体，对于这点我并不坚持，然而这些姑娘喜欢听血腥暴力或谋杀的故事，酷爱胆战心惊、浑身颤抖的滋味，为了吓唬她们，阿梅德还给她们讲述了一个性无能匪徒的故事，那人曾在南美洲一个荒无人烟的角落里用玉米棒来作案，听故事的女孩子开始抓狂，他又给她们朗读，讲的是双面杀手的悲惨故事，杀人案发生在一条叫"莫格"的大街上，有一个女人被勒死，尸体头朝下被强行塞进了烟囱中，当他讲到事发地房子后面的小院里也躺着一具被割喉后尸首分家的老妇人尸体时，女孩们发出惊恐的尖叫，有几个还时不时躲到一边，当阿梅德讲到明察秋毫的调查者解开荒淫杀手的谜团时，她们才转身回来，但事实上最令她们毛骨悚然的是一个名叫"艾丽西亚"的美丽女子，从某种意义上讲，我觉得阿梅德是在暗讽我的主人奇邦迪，他经常会说"领略了爱伦·坡的世界之后，我将带你们去往远方，去乌拉圭，去到奥拉西奥·基罗加[1]的世界"，于是他很开心地讲起这个名叫"艾丽西亚"的女主角，艾丽西亚长着一头金发，天使般美丽，羞羞答答，听故事的女孩子们不断发出"嗷嗷"的声音，

1—奥拉西奥·基罗加（Horacio Quiroga，1878—1937），乌拉圭著名作家和诗人。

他却继续补充说，艾丽西亚深爱着个性强硬的丈夫约尔丹，两人性情不同，但这并不能阻止他们相爱，他们手挽着手散步，但这段婚姻只持续了三个月，造化弄人，秋季的天空为他们和睦的关系罩上阴霾，似乎是有人嫉妒他们的相爱，为他们下了某种诅咒，艾丽西亚又患上了感冒，这使他们的关系变得更糟糕，她饱受病痛折磨，自此卧床不起，日渐消瘦，身体每况愈下，虽然约尔丹悉心照料，但也无力挽回，阿梅德叙述这一段的时候，顺便介绍了这对夫妇房间里的构造，此时离惊悚之时已经不远了，喜悦渐渐被担忧取代，阿梅德用他最低沉的声音描述他们的居所，"屋子里，灰泥墙泛着冰冷的光泽，高高的墙面上没有一丝划痕，令人不安的冰冷感越来越强烈"，他接着又读了几段，"从一个房间走到另一个房间的时候，整个屋子里回荡着脚步声，似乎长时间的疏于打理使得脚步声变得更加响亮干脆"，没有人知道使艾丽西亚痛苦的真正元凶，几位医生也都束手无策，尝试过的各种药都不见效果，艾丽西亚最终还是死了，在她死之后，女仆进到她的房间整理床铺，惊恐地发现艾丽西亚枕过的羽毛枕上有两滴鲜血，女仆想把枕头拿起来，但枕头重如千斤，她大惊失色，赶忙叫年轻的鳏夫约尔丹前来帮忙，他们一起把枕头抬到桌上，约尔丹用刀子划开枕头，"最上面一层羽毛飞了出来，女仆的嘴大张着，发出了惊恐的尖叫，同时将紧握的双手放到了头带上"，阿梅德朗读时的神情阴沉而专注，色肯庞贝村的女孩们这时还不知道约尔丹和女仆在羽毛枕中到底发现了什么，最终阿梅德字字铿锵地揭晓了谜底，"枕头里层的羽毛中，几只毛茸茸的爪子在缓缓移动，那是一只怪兽，一个活着的黏糊糊的肉球"，就是这只怪兽在五天五夜内用长鼻子吸干了艾丽西亚的血，依我看，这个艾丽西亚可能是一个拥有附体的人，她是被躲在羽毛枕里自己的邪恶附体"吃掉"了

　　一天，主人向我透露，"你看，我们应该除掉这个年轻人，他自认为是个人物，给别人讲那些蠢事，他似乎还说过我有病，说每晚都有怪兽来啃食我"，我们终于等到了旱季假期，阿梅德从欧洲回来了，带

回几箱子小说,有一天,他经过我主人的茅屋前,看到奇邦迪坐在屋外,手里捧着一本秘传小说,阿梅德说道,"亲爱的先生,我很高兴知道您时不时会读书",主人没有理睬他,年轻人接着说,"如果我没搞错的话,您看上去特别瘦弱,这让我想起了《爱情、疯狂和死亡的故事》中的悲剧人物,您的身体一年不如一年,不是因为丧母之痛您才会变成这样的吧,我强烈建议您去城里看医生,但愿您的枕头底下没有藏着个用长鼻子吸您血的怪兽,如果有,现在还来得及,把枕头烧掉,把藏在里面的怪兽杀死",主人还是一言不发,他感觉村里的这个书呆子疯了,把现实中的人当作他从欧洲带回的书中的角色,奇邦迪继续读书,书中讲述的内容可比阿梅德讲述的重要多了,年轻人走过时,奇邦迪最后瞥了他一眼,自言自语道,"看谁会一直消瘦下去,直到成为一具白骨,我可不是听你讲故事的小姑娘"

一大早,阿梅德同往常一样在树林里散步,他只穿一条短裤,边走边吹口哨,径直走到河边,躺在河岸上，把双脚泡进水里后便开始看那些瞎话连篇的书，主人让我暗中观察他，看他在盘算什么，并确认他没有动物附体，否则我们整治他的时候会给自己带来麻烦，但这些防备都是多余的，因为，亲爱的猴面包树，我以豪猪的名义起誓，那些去过欧洲的人都变得鼠目寸光，他们认为附体的故事只存在于非洲的小说里，对此只会一笑置之，从不认真思考，他们更喜欢打着白人所谓的科学旗号进行分析，他们学到的思维方式让他们确定每个现象都有科学解释，阿梅德看到我从河边的树林中蹿出来，我以豪猪的名义起誓，他声嘶力竭地叫起来，"臭东西，离我远点，快滚，你这个刺球，我要把你变成肉泥，蘸着辣椒和木薯吃下去"，我的身体不断膨胀，几乎爆炸，我睁大双眼，把身上的刺擦得嘎吱作响，不断绕着圈，我看他抓起一截木棍，恶狠狠地要把我打昏，我想起了马蒂昂戈"老爹"，我的主人在他手下当学徒时，他也曾用这种态度对待我，我左顾右盼，寻找逃跑的方向，想立刻逃离这死亡的威胁，我即刻消失在林子里，就是我现身的那片林子，阿梅德疾步紧追，可我比他更了解这片树林，于是我踩着落叶飞奔，然后躲到一个土丘下面，阿梅德挥出的木棍落在了离我的嘴只有几厘米远的地方，半小时之后我回去找主人复命，向他描述这家伙是怎么侮辱我们的，跟他说这个年轻人怎样用木棍差点杀死我们，奇邦迪并没有失去理智，他安慰我说，"别担心，他再也不能这样对我们胡作非为了，我没去过欧洲，但我并不是没有文化，由于喝了玛雅樊比药水，我不用去学校就学会了读书写字，那药水让人开启心智，获得智慧，这家伙没有机会坐飞机回欧洲了，我把话说在前头，我们会干掉他的，他就快入土了，对我来说他早就死了，但他并不知道，因为白人在学校里没教过他这种事"

夜半时分，下起了大雨，我们朝阿梅德住的紧挨着他父母家的小房子走去，我们让主人的分身躺在奇邦迪母亲生前编织的最后一张席子上，刺眼的闪电时而划破天空，奇邦迪坐在一棵树下，灌下了大量的玛雅樊比药水，同时示意我动手，我没等他下第二次命令就行动了，因为我对这个小天才实在是怀恨在心，我愤怒地刨开他那破房子门前的土，为自己开辟出一条路，现在大雨倾盆，我的任务变得很轻松，不一会儿工夫就挖出了一个洞，这洞能容两只肥硕而动作迟缓的豪猪通过，进屋后我看到一支点燃的蜡烛，这个呆瓜忘了把它吹灭，他正趴在床上睡觉，我收起爪子，走到竹床边，这时候不知为何我感到了恐惧，但我还是克制住了，我用两个爪子支撑起来，抓着床爬了上去，来到阿梅德敞开的双腿之间，我身上的几万根刺

都想在此时为我所用，我收紧身子，挑了一根最结实的，然后，啪的一下把它射出去，刺中了年轻人的颈部中央，整根刺差不多都射入了他的脑袋，射入了那颗令主人生厌也令我愤怒的脑袋，阿梅德没来得及苏醒，他的身体阵阵发抖，不断打嗝，这时我便扑到他身上，用门牙拉扯那根刺，把刺拔出来，舔舔上面的血，直到我的行迹不复存在，我看见他身上被刺出的小洞闭合起来，就像鲁布托老爹的女儿，年轻貌美的奇米奴，我跳到地上，在离开之前，我走到那盏蜡烛前，想用它把房子烧掉，可我又想，这样做没有什么益处，我不该做超出任务范围的事，奇邦迪知道后会痛骂我一顿，好奇心驱使我把目光转移到书上，这是才子睡前看的最后一本书，标题是《非凡故事会》[1]，现在他睡着了，把这些故事也带到了宇宙中，这是他用来给村中女孩们讲瞎话的书中的一本，现在他要去给亡灵们讲瞎话了，而在那边，亲爱的猴面包树，你必须要可信，因为那些亡灵是在另一个世界，另一个宇宙，没有什么比它们更加多疑，它们甚至都不相信

1────────此处或指波德莱尔翻译成法语的爱伦·坡作品集。——编者注

自己的肉体已经消失，它们对活着的人充满怨恨，责怪地球仍然继续转动，正因如此，这些游荡的阴魂不想上天堂，一定要留在世上找机会复活，这就意味着，它们不轻信任何事

阿梅德的葬礼是色肯庞贝村最令人感动的葬礼之一，与奇邦迪母亲令人惋惜的葬礼截然不同，我还依稀记得，那些年轻的女孩将他的遗体团团围住，还叫来了周围村子里的朋友来向他表示敬意，葬礼配得上他这位杰出人才的名号，他是色肯庞贝村的骄傲，也是整个地区乃至国家的骄傲，那个时候，大家都想知道在这位智者身上到底发生了什么，几位老人说他读了太多欧洲的书，另外一些老人宣称一定要举行尸体指证仪式，阿梅德的父母不同意这样做，因为他们知道自己的儿子不相信这种东西，让他的尸体绕村示众是对他的不敬，于是他们接受了儿子的死，人们将尸体和两箱子书一同下葬，有些书还没有拆封，上面标着欧洲流通货币的价格，这次从城里请来了神甫主持葬礼，而没有用村里的祭司，因为他们不会用拉丁

语念悼词，神甫讲起了这位年轻学者怎样与无知抗争，137
怎样告诉大家书是一片自由的天地，书可以遏制人性，
神甫用拉丁语念完悼词，又念了几大段《非凡故事会》
的内容，然后把书放在一边，拿起一本崭新的《圣经》，
把它放在棺材上，直到葬礼结束，他用山羊般颤抖的
声音念道，"我亲爱的阿梅德，愿这本书让你克服一
切，抵达上帝之路，让你最终明白，最非凡的故事，
对，最非凡的故事，就是上帝创造人类的故事，这个
非凡的故事被记录在上帝之书上，我把它送给你，让
你在另一世界阅读，阿门"

　　我的主人也算是个安静的人，淡定自如，极少与人发生摩擦，他和别人争吵的场面我只见过一两次，我想到了老穆迪昂吉，他是棕榈酒农，可能是色肯庞贝村最好的棕榈酒农，他与我的主人相交甚好，但我没想到的是，有一天我会将尖刺对准这个庄稼人，可以说他的一生都献给了棕榈酒，他知道怎么收集姆温盖酒，棕榈酒中的上乘品，村里的女人们对这种酒爱不释手，因为这种酒不苦，只是不知不觉就会醉，喝这种酒的时候，一杯接一杯下肚，根本意识不到自己会像土狼一样开始冷笑，站起来时则发现两腿已不听使唤，走起路来摇摇晃晃，活像个大螃蟹，其他人在旁边哈哈大笑，说道，"又一个喝了穆迪昂吉的姆温盖酒的"，我的主人有个坏习惯，喜欢把这种酒和他的秘传药水混着喝，用以冲淡药的苦味，如果不掺和

着老穆迪昂吉的这种棕榈酒，他根本不想喝药水，所以每天早上这个庄稼人都会经过奇邦迪家，拿出一升棕榈酒，然后追忆奇邦迪母亲，感叹时光飞逝，实际上这是为了博取同情，让奇邦迪多给点钱，我的主人似听非听，顺便递过去一张揉皱的纸币，奇邦迪认为棕榈酒可以加强玛雅粪比药水的效果，不过老穆迪昂吉变得越来越任性，动不动就赌气不干了，有时奇邦迪不得不命令我去把他唤醒，让他去树林里收集棕榈酒，之后，他却仗着主人对这种酒有依赖，伺机从中捞钱，这个老家伙随心所欲地抬高每升酒的价格，还威胁说，"如果你不同意，你就自己去收集姆温盖酒，要么按我的价付钱，没得商量"，穆迪昂吉声称，姆温盖酒越来越难找，这个地区的棕榈树再也产不出这种特殊的酒了，我的主人只能喝普通的棕榈酒，有一天，这个老家伙像往常一样带回了姆温盖酒，主人尝了尝，心生疑窦，他感觉到这不是真正的姆温盖酒，这个老家伙在糊弄他，他二话没说，一天晚上把我叫去，对我说，"听着，明天拂晓时分，趁着村子里亮起来的时候，我要你尾随那个收集棕榈酒的笨蛋，他的行为太可疑了，我感觉到了，你去看看他是怎么干活的"，转天一大早我就跟着这个家伙，我看见他钻进树林，来到一片一望无垠的棕榈林，我看见他爬到一棵棕榈树的顶上，上面有他前一天挂的酒壶，他把酒壶拿下来，壶里满当当的，他从树上下来，坐在树底下，从口袋里掏出一个小袋子，我惊讶地发现，他正在往刚收集的棕榈酒里倒糖，他对主人心怀怨恨，一边说着主人的坏话，一边往壶里吐口水，我把情况告诉给奇邦迪，之后，当这个棕榈酒农出现在主人房前并向他推销这种饮料时，奇邦迪当面戳穿了他，我听到他们在吵架，老穆迪昂吉无论如何都想把棕榈酒卖出去，主人回答，这不是真正的姆温盖酒，他们用候鸟的名字互相对骂，老穆迪昂吉辱骂我的主人，"小骷髅，你早就该死了，你嫉妒我的工作，因为你只是个小木匠，你甚至连杈果树都爬不上去，像你这样的家伙就是胆小鬼，笨蛋，白痴，窝囊废"，奇邦迪没有回应这些用本巴语喷出的辱骂，只是对棕榈酒农说，"我倒要好好看看，到底谁是笨蛋，白痴，窝囊废"，老穆迪昂吉临走之前说道，"看什么，哼，你

就是个可怜虫，别再指望我给你姆温盖酒喝，可怜的
骷髅，你妈在坟地里等你呢"

　　我留下主人和他的分身，这两个都躺在奇邦迪母
亲生前编织的最后一张席子上，天色渐渐亮起来，我
来到上次发现棕榈酒农往酒壶里加糖和吐口水的那棵
棕榈树下，费了半天劲爬上树，在树顶藏起来，高高
挂着的酒壶距我只有几厘米，里面的酒溢了出来，蜜
蜂环绕酒壶兴奋不已，我看到老穆迪昂吉来了，我觉
得他有点焦虑，因为他边走边左顾右盼，他不明白我
的主人是怎么知道他的把戏的，我看到他系好了爬树
用的绳子，开始爬，不停地爬，但爬到一半他停下了，
环视四周，确认没有人在监视他，便放下心继续攀爬，
他离酒壶越来越近，就在他抬头的时候，我以豪猪的
名义起誓，他的视线与我阴沉而明亮的双眼恰好相交，
对他来说为时已晚，我的两根刺已经脱离了身体，正
中他的面部，老人滑了下去，他试图抓住一条伸到棕
榈树这边的火红色树枝，但无济于事，我听到他摔落
到地上，像一袋甘薯般咚咚落地，四脚朝天，一天之

后村民在这个地方发现了他，眼睛张得大大的，面部表情凝固，大家的结论是，他太老了，不应该再收集棕榈酒了，他早应该退休，从色肯庞贝村物色一个年轻人继承他的衣钵

　　尤拉的问题是他欠我主人的钱，这可能是至今为止最令我伤心的一件事，仔细想想，那次任务就是奇邦迪消失的导火索，讲起这段故事，我需要放慢节奏，我完成任务后觉得很不自在，不停地回想起受害者的脸，还有他那无辜的神情，我认为奇邦迪这次实在有些过分，但我无权发表感想，呃，一个附体不需要判断或讨论，更不该负疚而逃，搞砸任务，对我而言，这次行动是我们最没道理的行为之一，尤拉是一个本分家庭的父亲，一个没文化的小农民，收入不高，他有一个爱他的妻子，并和她生有一子，婴儿才出生不久，眼睛都还没睁开，我不知为什么，他和奇邦迪之间有了债务瓜葛，尤拉来看望奇邦迪，想找他借钱，数目很小，一周后就能还上，他好像要去给孩子买药，并发誓一定会准时还钱，他俯下身子，跪在地

上，流着泪，因为没有人肯借给他这么一点钱，奇邦迪帮了这个忙，自从他不做木工活之后，他的积蓄也在逐年减少，而且他借给尤拉的钱又脏又皱，别人见了肯定以为是从垃圾堆里捡来的，一周过去了，奇邦迪没看见来还钱的人影，又一周过去了，尤拉没有来，人间蒸发了，主人便认为他在躲债，肯定有什么问题，于是两个月之后主人到他家里去了，对他说赶快还钱，否则会影响他们之间的关系，这天恰逢尤拉喝醉了，他开始冷笑，辱骂奇邦迪，让主人滚得远远的，别再让他看见那骨瘦如柴的身子，他的行为激怒了奇邦迪，奇邦迪直言不讳，"你有钱满足口舌之欲，却没钱还债"，见尤拉笑得更欢，奇邦迪提高声音，冷冰冰地补充说，"没钱就别养孩子"，尤拉铆足劲，嘀咕道，"欠你钱的人是我吗，我，呃，你搞错了，快离开我的地盘"，他妻子这时也掺和进来，她警告奇邦迪赶快离开，否则就叫村委会的智者过来，主人气愤地回到家，我看到他在自言自语，大声咒骂，我知道奇邦迪和尤拉之间的事情谈得很不顺利，因为我从没见过他如此愤怒，先前年轻的自大狂阿梅德把他当

病人时他都没这么愤怒，随后他急匆匆叫我去，似乎
事关紧要，他已等不及了，他要让尤拉知道他不是好
惹的，午夜时分，奇邦迪灌下了大量的玛雅樊比药水，
但这次没有添加姆温盖酒来冲淡苦味，我们准备好了，
主人的分身这次与我们一起，虽然我不知道他能起到
什么作用，我们三个来到这个农民的住所前，他的房
子很破，房子正面都是洞，洞大得甚至能钻过一头驴，
我的主人坐在一株金凤花下，他的分身紧随其后，习
惯性地背对我们移动着，我绕房子转了一圈，钻进
了卧室，我看到尤拉在垫子上打呼噜，而他的妻子睡
在房间另一边的床上，可能每次丈夫喝醉的时候都是
这样的，我走过卧室，朝婴儿室走去，我刚靠近那个
婴儿，心就好像被捏紧了，我想原路返回，但主人的
分身在后面跟着我，我心里纳闷，主人为什么决定对
婴儿下手，而不是直接对付欠他钱的那个男人，或者
那个胆敢在吵架时横插一脚的妻子，我身上的刺变得
沉重而迟缓，我告诉自己不能射，哪怕一根刺也不行，
在此之前我从没对婴儿下过手，我需要找到一个理由
来迫使自己下定决心，给我的武器重新注入力量，可

是我的大脑一片空白，找不到下手的理由，突然，我想到主人提醒过这个家伙"没钱就别养孩子"，此番话颇有道理，我还记起了昔日统领我们的老豪猪说过，人类邪恶无端，他们的孩子也不例外，因为"小老虎刚生下来就有爪子"，我必须给尤拉冠上一个不可饶恕的罪名，于是我不断告诉自己，尤拉是个醉鬼，而且这小家伙被一个没文化的农民养大，他的人生将是多么悲惨啊，我嘟囔着这几个理由，像是用此驱散悔恨的雾霭，也像是要赶走深埋刺中的怜悯，忽然，我的刺焕发了活力，我感到它们微微作响，主人的愤怒变成了我的愤怒，就好像尤拉欠我的钱一样，我意识不到我面对的只是个无辜的孩子，相反，我认为我们的行动是在解救他，让他解脱，尤拉没资格当父亲，他是个酒鬼，他不信守自己的诺言，他还有可能欠别人的钱，想到这儿，我收紧了身子，将一根结实的刺射向了可怜的婴儿，主人的分身从房间里消失了，他同我一起也许是为了帮我集中精神，助我完成任务，我快速离开了那个地方，以免伤心，一个无辜的幼儿绝不应该因为父亲的愚蠢和疏忽而不幸离世，我不想看到这样的场面，然而我的内心难以平静，当我看到河中映照的自己的倒影时，我感到羞耻，我去参加了葬礼，希望可以借此得到一丝原谅，听到这方小天地响起了送葬曲时，我不禁泪流满面

　　这件事情过去几天了，可尤拉家孩子的样子不停地出现，萦绕在我脑海里，我开始在大白天害怕自己的影子，它仿佛在对我说，这个孩子的魂魄正在第一片树林里等着我，我的意识也变得沉重，当我藏匿在树林里时，我进行了总结，分析了其他类似情况，有稍轻的，有稍重的，有严重的，尤其是和这个小家伙的死一样严重的，那些受害者的脸在我眼前出现，我们已经完成了九十九次任务，但此时没有任何人怀疑我们，幸亏主人在肠子里藏了棕榈仁，他才得以安然无事，我不明白为什么，在众多受害者中，只有尤拉的孩子困扰着我，让我无法专注于其他事情，他似在窥伺我们，在拐角处等着我们，我告诉自己，他不过是个手无缚鸡之力的小孩子，我还记得统领过我们的老豪猪曾警告我们，越小的敌人越值得畏惧，所以有

时候我想，这个婴儿是在向我传递一个信息，在督促我去反抗，我只需结束这种日子，或者迎头反抗主人，或者悄无声息地消失，就能阻止这一系列任务，但有股力量拦住了我，尽管我有预感第一百个任务对我们来说是致命的，肯定会让我们付出生命的代价，或许我是在杞人忧天，我认为奇邦迪从未计算过任务的次数，留给他的只有玛雅樊比药水带来的醉意，只有浑浑噩噩

上周五是怎样变成「黑色星期五」的

受害者数量不断增加，我不再听从主人的指挥，他需要吼叫多次，或让他的分身跟在我屁股后面，或以死威胁，我才肯听话，我知道他不会真的杀掉我，因为杀掉我意味着我们俩会同时消失，所以，亲爱的猴面包树，我们的夜间行动减少了

我的主人看上去生活正常，同往常一样安分守己，可是村民却无时无刻不在关注他，这为接下来我们要完成的第一百个任务带来了困难，我们的失败不计其数，我身上的刺失去了准头，经常射空，比如这个叫玛·穆博丽的女人，我只划伤了她的小腿肚，基本没伤到她，这本应引起奇邦迪的重视，可他却希望我重新执行任务，两次袭击同一个人，他的这个决定是欠妥的，甚至可以说是鲁莽的，我知道这个女人

也有某种东西，她不是普通人，她问过我好几次是谁派我来的，我的主人是谁，这让我明白了她是个不寻常的女人，只有拥有附体的人才会提出这种问题，一想到老穆博丽，我不止一次对自己说，如果我们当时提高警惕，我的主人就不会像现在这样尸体在地下腐烂，但这个老穆博丽，我和你说，这又是另一个故事了，我确定她"吃"过村子里的几个人，另外，如果她在世时我曾提起过她，呃，那也是因为她没牙，整夜都开着门睡觉，遇到不尊重她的年轻人，她就展示自己的裸体来诅咒他们，年轻人避之不及，因为看见了这样的场面会永远受到诅咒，她用佝偻的双腿撑着站起来，浑身的皮肤与老蜥蜴没有区别，她和我的主人之前没有任何瓜葛，可奇邦迪认为她察觉了我们半夜的行动，所以她妨碍了我们，是个危险人物，应该让她彻底消失，这个任务说起来容易，做起来难，就在上个月，执行任务那天，她的门也是敞开的，我独自行动，连奇邦迪的分身都没有来陪我，除非他瞒着我躲在了某处，穆博丽一直在她的破房子里，在那个漆黑的夜晚，我终于摸着黑进去了，但我什么都看不见，只能模糊推测出这个老女人的身影躲在角落里，虽然我的刺已无法抖动，我还是走了过去，想要完成任务，这时我听到她喃喃道，"来吧，你这头老畜生，你很快就知道谁是玛·穆博丽了，我会给你展示我的裸体"，她能看到我，我却辨认不出她，她接着说道，"你和派你来的主人在村子里使的那些伎俩在我这儿不管用，你来得不巧，可怜的笨蛋"，我开始害怕了，想折返撤走，但我身后的门似乎关上了，变成了一堵墙，这显然是种幻觉，"说吧，你的主人是谁，嘿，谁派你来的，是小木匠奇邦迪对吧，哼，就是他，呵"，她冲我嚷道，我还没回答就听到床咯吱作响，玛·穆博丽下床站了起来，这个瘫软的老人现在满身活力，"你自己交代吧，你的主人是谁，你们在村子里像这样吃人，还没吃够吗，哼，尤拉的孩子，是你们干的吧，是吧"，当时，我以豪猪的名义起誓，我不得不做好战斗的准备，因为她已经坚定地向我走来，手里还拿着什么，那是一把砍刀，虽然这么说，我也不敢确定，我快速地武装起一根刺，朝她的方向射去，只听见她大叫，"臭畜生，你对我的腿肚子做了什么，嘿，别急，我这就过去抓你"，我在一团漆黑中找到了一个出口，直接冲向门口，终于来到了外面，她从那破房子里追出来，干枯的双腿突然变得灵活敏捷，她站在茅屋门口说道，"你们这些村中的恶灵，我在夜里见过你们，你们这些坏蛋和巫师，我像现在这样敞着门，这是为你们设下的圈套，尽管回来找我，我会让你们近距离看到我的裸体"，我已经逃出很远了，这是我最心惊胆战的一次，我的心脏怦怦乱跳，如果我足够勇敢，我会和主人说我们的行动该止步了，不该越过红线半步，可惜我什么都没说，奇邦迪只管教训我，我认为他太坏了，他忘记了我的付出，忘记了到目前为止我对他的帮助，他把我当成了无能之辈，他又一次用死亡威胁我，正是在这天我了解到了他和他的分身之间的关系，主人用手指着正躺在奇邦迪母亲生前编织的最后一张席子上睡觉的分身说道，"你看看这个正在睡觉的家伙，呵，他最近越来越饿了，现在不是你在这儿胡闹的时候，这个家伙要吃东西，否则我们要付出惨重的代价，你不知道每次他饿的时候，都是我在承受一切"，他提醒我，让我将功补过，这次要袭击的是摩恩如拉一家，这对夫妇带着两个孩子刚搬来色肯庞贝村不久，他说这对双胞胎对他不尊重，我的主人那时还不知道他交给我的这次任务将是他的死亡之旅，他期待这即将到来的第一百次成功，抱歉，是第一百零一次，因为我们想一石二鸟

　　我以豪猪的名义起誓，时间过得真快，我的声音嘶哑，色肯庞贝村的夜幕已经降临，不知为何，我无法抑制住泪水，孤独感异常沉重，我有罪，我没有做出任何努力去拯救我的主人，奇邦迪离世之前的几周，那时双胞胎还没有"吃掉"他，我本可以救他的，唉，我不知道，我不知道，我只想先保住自己的性命，虽然我很清楚，如果奇邦迪死了，我也不能苟活，况且在这种情况下，人们都认同好死不如赖活着，应该说，我不会因奇邦迪的消失感到悲伤，也不会因侥幸活到现在而感到内疚，我把你当成我的知心人，从今天早上开始我对你所说的话让我感到耻辱，我不想让你就这样评判我，我只是奇邦迪的一个手下，他生命中的一个影子，我从没学过抗命，我似乎被主人的愤怒、挫败、怨恨以及嫉妒的情绪所控制，我不喜欢自

己现在的精神状态，因为受害者的面庞一直在我脑海里萦绕，这些已经消失的人差不多都站在我眼前，把我团团围住，他们怒视着我，用手指着我，我从他们的额头上可以读出我们杀掉他们的动机，我得花费一整年的时间才能讲完，比如，我们"吃掉"了年轻的阿贝巴，因为他在河边撞见半裸的主人后嘲笑主人瘦弱，这是不可饶恕的，相信我，我们"吃掉"了阿萨拉卡，因为他把我的主人当作巫师，后来又亵渎奇邦迪母亲的坟墓，这是非常不尊敬的行为，死人有权得到安息，我们"吃"了伊科诺戈，他竟敢袒护亵渎奇邦迪母亲坟墓的人，所以他是亵渎坟墓之人的同谋，我们"吃掉"了卢穆阿穆，因为她在"洼地"小酒馆当众拒绝了我的主人，而且是她先挑逗奇邦迪，过后却说是我的主人想多了，对她来说那不过是个游戏，她还说奇邦迪在和她这样的女士搭话之前，应该先照照镜子，好好看看自己，你明白她说的话有多么不可饶恕了吧，我们"吃掉"了老马贝莱，因为他散布有关我主人的谣言，他污蔑奇邦迪偷了村长家的红色公鸡，这并不是事实，真正的盗贼是村子里的一帮小男孩，我们"吃掉"了穆福安迪力，因为他想请祭司来净化村子，把村子里所有拥有邪恶附体的人都除掉，他把自己当成谁呀，呵，我的主人尤其不愿落得与父亲同样的下场，他记得父亲的死就是唐贝－艾苏卡祭司一手酿成的，我们"吃掉"了卢武努，因为他坦言曾经在奇邦迪屋后看见过一种像豪猪的奇怪动物，他说，"一方面它看起来像豪猪，我跟你说，另一方面，很奇怪，它看起来又不像豪猪，可以说，这是一种奇怪的动物，它看着我的眼神仿佛是一个人类盯着另一个人类，在走进木匠的作坊之前，它还冲我露出了屁股，我发誓我不是在做梦，相信我"，这个家伙说的没错，但他犯了一个错误，他不应该对村长描述这个场面，村长因此找奇邦迪谈话，还用手指着他，我们"吃掉"了埃孔达·萨卡德，因为萨卡德看见我的主人在母亲坟墓附近的树林里对我说话，并向村长报告了这个场面，我们"吃掉"了老智者奥特雄贝，因为他拒绝让奇邦迪竞选村委会成员，他说奇邦迪是外地人，将来也永远是外地人，这冒犯了我的主人，为了向村里人证明自己不过是个普通村民，奇邦

迪一直费尽心力，我们"吃掉"了杂货商孔马亚约·巴
托巴唐加，因为他曾拒绝赊账卖给我们一盏煤油灯和
两箱摩洛哥产的油烧沙丁鱼，这很不公平，因为村里
每个人都在他那里赊账买东西，我们"吃掉"了老迪
卡莫娜，因为她整夜在我主人房前走来走去，非常可
疑，事实上，她想抓我俩的现行，我以豪猪的名义起
誓，实际上，自从关于我的主人有某种东西的传言在
村中传开后，我们就开始随心所欲地"吃"人，因为
我们要喂饱主人的分身，当这个没有嘴和鼻子的家伙
吃饱了，他就待在奇邦迪母亲生前编织的最后一张席
子上不走，在上面抓痒、放屁，没有哪个普通人像他
一样饥饿如狼，而且看着他躺在席子上，我能猜出他
什么时候饿了，因为他会忽然翻身，手舞足蹈半个小
时，直到再次恢复平静，犹如一具死尸

　　如果说有一些受害者不在我的记忆中，那是因为，
亲爱的猴面包树，我完成那些任务时正处于漫长的见
习期，我认为他们都一样，在讲述过程中我可能把他
们混为一谈了，作为动物附体，我认为我正在对你做

的事是我职业生涯中最重要的事，现在该讲讲上周四那个惊悚异常的任务了

　　我看着那家人搬来色肯庞贝村，看着那两个小家伙奔跑、尖叫，形影不离，我已经把这种场景当成了警示，我曾想警告我的主人，但他有自己的想法，他已经计划好了，他不能容忍这些孩子放肆，他嘟囔着，说这些孩子的坏话，实际上他是在找借口，寻找一个能将他们一网打尽的理由，但事情却并非如他所愿

上周五金雀梅变成「黑色星期五」的

　　我的主人对玛雅樊比药水产生依赖，同时又被另一个自己的欲望所控制，于是，他转眼间把邪恶附体拥有者长期观察后总结出的一些基本禁忌，例如千万不要招惹双胞胎，统统抛到脑后，此后主人的行为变得十分轻率，令我目瞪口呆，反倒是我开始谨慎，他深信打破这些禁忌后便可登峰造极，仿佛要赶超他的父亲，正因如此，自从摩恩如拉一家搬到色肯庞贝村之后，他便不再保持沉默了，而且，摩恩如拉一家搬来后，其一家之主毫不掩饰自己的高傲，他带着孩子们上街，好像要让村里人都看到，他作为一对双胞胎的父亲是多么幸运，有村民上门告状，说他的双胞胎毁了他们的农田，他却还以嘲讽，奇邦迪与这家人并不熟悉，村长乐此不疲地把新来的居民介绍给了村民们，他沿着村子的主路行走，每到一户人家都会停

下，一遍又一遍地重复着，"摩恩如拉先生是雕刻师，他的妻子是家庭主妇，负责照看双胞胎，那两个孩子很可爱"，这家人住在村子的另一头，日子久了便融到当地村民之中，以至于人们都以为他们一直住在这里

　　我与这两个讨厌的孩子相识可以说是狭路相逢，时机不佳，这对双胞胎之间真的不具备任何能够让人辨识的差异，即便是眼睛特别尖锐的观察者都无法将他们区分开，他们的父母也是不加区分地称他们为科迪和科特，因为只要叫了其中一个，两个都会同时回头，摩恩如拉夫妇故意把村里人搞糊涂，他们私下里有独特的辨认窍门，他们决定只给其中一个孩子行割礼，并对村里人宣称老大行了割礼，老二没有，然后，当他们自己都分不清的时候，他们会脱掉两个孩子的衣服来搞清哪个是先出生的，我向你保证，这两个十一二岁的小矮子总是形影不离，他们同时眨眼、挠痒、咳嗽、放屁、受伤、哭泣，甚至一起生病，他们是两个相同的个体，一个会在另一个的怀里睡到天亮，

就连坐着的方式都一模一样——双腿交叉，他们的父母故意想让村里人糊涂，给他们穿同样的衣服，一模一样的带蓝色花边的短裤和米色的棉质衬衫，他们的脑袋都和陶土砖一般大，摩恩如拉夫妇还把两个孩子都剃了光头，我跟你说，他们眼球凸出，长得可不算漂亮，他们几乎不和其他孩子玩，总在村里乱跑，喜欢在墓地附近的一块马缨丹田里玩，他们喜欢搬动坟前的十字架，乱放乱扔，在那里捉迷藏，不停地捉蝴蝶，还吓唬乌鸦，用可怕的弹弓找麻雀的麻烦，村里人无能为力，管不了，他们还总出其不意，突然出现在一个地方，所以第一次遇见科迪和科特的时候，我浑身的刺都竖了起来，以示警告，他们发现我在马缨丹田里游荡，立刻想把我抓来当玩具，实际上我刚从藏身处回来，正在奇邦迪母亲的坟上休息，准备去主人原来的作坊后面转转，可能还会在离奇邦迪家不远的地方看会儿书，奇邦迪随时可能需要我，两个小家伙听见草叶翻动的声音，转过身来，其中一个指着我说，"一只豪猪，一只豪猪，抓住它"，另一个家伙便上了弹弓，而我，我以豪猪的名义起誓，立刻撒丫子转身就跑，他们的子弹就落在据我几米远的地方，我不知道这两个长着长方形脑袋的小无赖是哪里来的，有那么一瞬间我想他们可能是小幽灵，是长眠于墓地里的父母放他们出来玩的，要在太阳下山之前赶回去，但这两个淘气鬼不停地追我，我听见他们拨开马缨丹，开心地尖叫，像集市上的小矮人一样嬉闹着，其中一个吩咐另一个去右边，自己则留在左边，想要在几百米之外突然抓住我，然而他们不知道我能听懂人类的语言，我识破了他们的诡计，马上缩成球状，用风驰电掣般的速度滚动起来，滚到一片满是干枯蕨类的河床上，满目皆是荆棘，我头也不回地冲向一片通往河边的林中空地，然后无暇多想，跳进了此处不太深的河里，像疯子一样拼命呼吸，很快到达了河对岸，甩了甩身上的刺，我瑟瑟发抖，不仅因为寒冷，还因为后怕，村庄已经近在眼前了，身后不再有声音传来，于是我得出结论，那两个家伙没跟来，我不确定他们是否住在色肯庞贝村，但这个小插曲过去几天后，当我看见这两个孩子和他们的父亲一起穿过大马路时，我认出了他们长方形的脑袋和一模一样的衣服上周二，中午刚过，科迪和科特又一次逃脱了家长的控制，他们经过我主人的房前，当时主人正坐在门前阅读，沉浸在一本晦涩的书中，有段时间双胞胎总是出现在那里，站在主人的屋子前，就在奇邦迪母亲离世那天一群奇怪的羊出现的地点，这两个小不点似乎也在窥探我的主人，他们模仿老绵羊被人屠宰时的呻吟声，冷笑一阵，然后消失，这种情况持续了很久，我的主人最终被激怒了，他确定这两个小孩是被父母派来纠缠他的，当主人试图靠近他们，同他们谈话，警告他们放尊重点时，小家伙们却溜走了，他们转天又会回来，待在同一地方，依旧模仿老绵羊的叫声，我看到我的主人已经忍无可忍了，他思考许久，猜想这两孩子是否想暗示他什么，他们是否对我们的事有所了解，所以上周二下午，科迪和科特还像往常一样站在我主人的房子前时，他露出了一丝笑容，小坏蛋们并没有回以笑容，"你们想从我这里得到什么，啊"，奇邦迪终于开口，摩恩如拉家那对双胞胎中的一个回道，"你是坏人，所以你不喜欢孩子"，我的主人无言以对，说道，"可怜的小坏蛋，你们真是欠教育，为什么说我是坏人，哼，你们知道我可以找你们的爸爸告状"，另一个孩子补充道，"你是坏人，因为你吃孩子，我们知道你吃了一个婴儿，昨天我们在墓地玩的时候他都和我们说了，而且他今天晚上还会继续讲下去"，我的主人焦躁地合上书，他抑制不住内心的怒火，起身骂道，"你们两个坏蛋，惹祸精，臭小鬼，我要让你们学学怎么尊敬大人"，其中一个回嘴，"你吃掉的那个孩子也是一样，他让我们告诉你，他正在看着你，他会回来看望你的，都是因为你，他再也长不大了"，听了这话，我的主人连忙去追赶他们，但那两个孩子趁机跑掉了，奇邦迪看着他们消失在视野里，嘴里念叨着无论如何都要去会会这两个孩子的家长

周二下午晚些时候，我的主人去摩恩如拉家拜访，
这家的父亲正在雕刻一副相貌丑陋的面具，母亲正在
准备木薯叶拌大蕉，这对夫妻对于奇邦迪的到来感到
诧异，因为他从没跨进过这家的门槛，孩子父亲马上
停下手中的工作，招呼客人在藤椅上落座，孩子母
亲在稍远一点的地方问好，并问奇邦迪想不想喝棕榈
酒，尽管那是姆温盖酒，奇邦迪还是拒绝了，孩子母
亲在葫芦水杯里装上冰水，端到奇邦迪面前，随后离
开了，留下两个男人谈话，我的主人望望屋里，想找
两个小家伙，但他们都不在，他们此时应该还在村里
闲逛，也许又在墓地附近，奇邦迪先是寒暄，简单聊
了几句摩恩如拉家修建的屋架，在他看来，那屋架不
怎么样，之后他便开门见山，道出来访的目的，"两
周多以来，您家的双胞胎一直来打扰我，今天下午早

些时候，他们又来挑衅"，摩恩如拉沉默片刻后回答，"我知道，我知道，这两个捣蛋鬼，我会和他们说的，他们总是到处乱跑，您不是第一个来告状的，但您应该知道，他们这个年纪还没意识到自己行为可能带来的后果"，随后我的主人向他解释了这两个小家伙如何把他当成坏人，如何不和他打招呼，如何说一些放肆的话，他出于对双胞胎父母的尊重决定还是不说出来为好，摩恩如拉凝视着奇邦迪，从这个一家之主的目光中能够读出些许怜悯，也许他认为孩子们是嘲笑了我主人的瘦弱，因为这种瘦弱在他们看来非常奇怪，所以他们毫不掩饰自己内心的想法，就在摩恩如拉询问奇邦迪孩子们到底说了什么冒失之言时，科迪和科特回来了，满身泥土，他们只迅速扫了一眼父亲和客人，然后叫嚷着肚子饿了，便去找妈妈，锅还在火上，妈妈说，"谁叫你们整天在村里疯跑，饭还没熟呢"，摩恩如拉神情严肃地把他们叫了过来，"科迪，科特，快过来，快给奇邦迪叔叔道个歉，快点，他不是坏人，我不喜欢你们对大人这么无礼"，这两个小家伙不情不愿地走过来，父亲对着老大说，"把手给

他，这是你们的叔叔，这个村里的所有大人都是叔叔，
你们应该像尊重我一样尊重奇邦迪叔叔，如果下次你
们再对他无礼，他可有权教训你们"，奇邦迪伸出形
如干柴、瘦骨嶙峋的手，科迪，也可能是科特，用带
着蔑视和厌恶的目光打量我主人，最终还是伸出了手，
那孩子直直地望着奇邦迪的双眼，眼神冷酷，片刻的
寂静后，孩子的脸开始变形，变得更加光滑，更加青
涩，光秃秃的大脑袋形状也变得更加圆滑，还长出了
柔软的发丝，主人顿感一股电流穿过体内，眼前与他
握手的双胞胎的头变成了尤拉家婴儿的头，"别这样
看着大人"，摩恩如拉说道，随后，当奇邦迪握住另
一个双胞胎的手时，眼前出现了同样的景象，还是那
个被"吃掉"的婴儿的头，他迅速垂下眼睛，摩恩如
拉先生对这一幕丝毫没有察觉，两个小家伙向我主人
道了歉，带着几分讥讽，小声嘟囔说，"奇邦迪叔叔，
我们很快会再见，周五我们就去看您"，然后，带
着同样的讥讽，他们异口同声地说，"祝您度过一个
愉快的夜晚，奇邦迪叔叔"，摩恩如拉见状松了口气，
对他家双胞胎的行为感到满意和自豪，"您看，两个

孩子都很棒，都很讨人喜欢，等你们熟悉了，他们每天都会去您的院子里玩耍的"；这时，奇邦迪的思绪已经飘远，尤拉家婴儿的头在他脑海中挥之不去，他不敢再看双胞胎了，他知道现在就应该把他们解决掉，显而易见，他们是唯一一对我们的夜间行动了如指掌的人，也正因如此，他拒绝了摩恩如拉家人的晚饭邀请，借口说自己在天黑之前有一项不得不完成的紧急工作，告辞后便头也不回地走了，他边走边自言自语，险些被一块石头绊倒，奇邦迪开始整夜往嘴里灌玛雅樊比药水，我听见他一反常态地冷笑着，口中多次重复被我们"吃掉"的那个婴儿的名字，他的冷笑只是一种伪装，我第一次发现主人也会如此惊慌，惊慌到再也无法保持冷静

自从周二主人向摩恩如拉告状之后，他的生活就厄运不断，就在那天晚上，临近午夜，他听到作坊后面传来婴儿的啼哭，他还听到孩子的冷笑声、慌乱中的奔跑声、河边的跳水声，还有飞禽降落在屋顶的声音，他无法合眼，直到破晓时分仍处于警惕状态，转天早上，他决定结束这场闹剧，奇邦迪第一次在大白天召唤了我，这让我十分震惊，我知道他已经失去了理智，他竟不顾白天禁止召唤邪恶附体并下达任务的基本原则，但我不能违抗他，事出紧急，于是我离开了自己的藏身处，此前当事情按计划顺利进行时，我的爪子被一股激情支配，现在不行了，我再也感受不到这种激情了，在此之前我们攻击的对象都是活人，从没碰到过幽灵来算账，我们"吃掉"的人里头没有一个回来跟我们算账，当我来到奇邦迪的房前，用一

只爪子推开门时，我惊呆了，像钉子一样矗立在门口，我看到一个惊慌失措、整整一夜都在狂灌玛雅樊比药水的人，主人面容憔悴，似乎两三夜都没合眼，在那凝滞的目光中，我读出了恐惧，他让我进去，双眼盯着我，呢喃着令人费解的呓语，当时我以为，我们就要离开色肯庞贝村，就要听从家族命运的安排，过终生流亡的生活，另外找个地方安营扎寨，可是他却跟我说起了双胞胎，说他们在他脑中挥之不去，还说那两个家伙比他想象的要强大得多，我们最迟要赶在周五把他们解决掉，他再三强调让我守在他身边，不能回森林去，相对于前九十九次任务，他这次特别认真，在执行这个任务之前，我一整天都在主人房间里，在阴暗角落里度过，而他一直呆呆地躺在席子上，这晚双胞胎并没有来打扰主人，但这只不过是暴风雨前的宁静，因为周五晚上十点左右，当我们正准备去摩恩如拉家周围转转的时候，夜鸟在屋顶上躁动起来，这种声音让我和主人惶恐不安，一股强风瞬间卷走了房子的大门，主人的作坊被掀得七零八落，一道令人眩目的闪电出现后，暗夜突然亮如白昼，这时我们在院子里看见了被"吃掉"的尤拉家的婴儿，他看上去精神很好，他用手指着我们，一同前来的还有他的护身使者——双胞胎科迪和科特，他们抓住了我主人的分身，场面惨不忍睹，奇邦迪的分身就像插在玉米田里的稻草人一样，毫无还手之力，被动至极，像是一个傀儡、一个小丑、一个塞满了棉花的布袋木偶，一块破抹布、一块海绵，那两个无赖把他玩弄于股掌之间，让他在土里滚，把他踩在脚下，分身的腿折了，脑袋耷拉到胸口，胳膊垂到了膝盖，那两个家伙冷笑着，奇邦迪马上大声命令我，"发射，快发射你所有的刺，把你的刺都射出去，真他妈该死"，可惜啊，我的刺当时不听使唤了，我被这一场面吓得浑身瘫软，这时，双胞胎把主人的分身抛在地上，朝我们走来，他们来到尤拉家的婴儿身边，我看到他们变了形，似乎不再是在墓地里围捕我的小矮人了，奇邦迪连连后退，我们快速撤回屋里躲起来，我们听见他们的脚步声逼近，好似万牛齐奔，撼动大地，屋子的四壁也随之摇晃，他们闯入屋子，我蜷在一个墙角，奇邦迪先是跑回自己的房间，随后又突然跑出来，手持一杆标

枪，双胞胎和婴儿指着他的武器捧腹大笑，主人战意
已决，企图把标枪射出去，但他的手沉重得如灌了铅，
武器坠落到脚下，此时双胞胎中的一个向他冲去，抓
住他的左脚，另一个双胞胎抓住右脚，两人从左右两
边拽起主人，这时尤拉家的婴儿在门口冷笑，我看到
奇邦迪倒在地上，像棵被一刀砍断的老树，之后这些
小疯子对他做了什么我就不知道了，因为我害怕得闭
上了双眼，我似乎听到射击声，一声枪响，但屋子里
并没有枪，双胞胎进来时手里也没拿枪，我剧烈地颤
抖着，他们到来时出现的炫目的闪电奇迹般地消失了，
随着尤拉家的婴儿举起右手指向天空，夜幕重新降临，
然后，他左手的手势一变，炫目的闪电再次出现，似
乎自此之后自然现象也尽在他的掌握之中，我从藏身
之处看到他那沾满泥土的小胳膊，之后，他将燃烧的
目光投向了我所在的方向，我知道他要过来，要把我
揪出去，他是不会饶过我的，他怒视我的目光越来越
炽烈，好像在对我说，我会像我的主人一样死在门口，
我变得焦躁不安，可出乎我意料的是，婴儿却把目光
移开了，我以为他只是不想自己动手，他会命令双胞

胎像惩治主人那样惩治我，但并不是这样，他又一次看了看我，用头向我示意，让我逃跑，我不敢相信，没等到他第二次开恩，我就悄悄溜走了，走出主人房间的时候，我听到主人打了很长的一个嗝，咽下了最后一口气，这是他在世的最后一分钟，而我却像个逃兵，一路逃窜，消失在夜色中

亲爱的猴面包树，夜色已深，月亮刚刚隐退，我的眼皮变得沉重，四肢再也支撑不住，视线变得模糊，我不知道这是不是死神在向我张开双臂，我撑不了太久，撑不下去了，顶不住了，我困极了，是的，我困死了

我是怎样成为一头没有生命的豪猪的

天刚刚亮，我十分惊奇地看着周围的小生命，小鸟飞回来栖息在枝头，河水愈加奔流不息，一种激动的心情反而让我平静下来，这又是一次小小的成功，我应该泰然处之，从昨天开始我几乎没有感觉到时间的流逝，我愉快地和你交谈，直到眼皮重得抬不起来，从始至终你都没有打断我，但我不知道你对这个故事有什么想法，好吧，不管你怎么想，能够畅所欲言，这让我觉得轻松了不少，也许有些事我没有在这里向你说清楚，比如我的小名是主人给我起的，他叫我"纳贡巴"，在本地语里，"纳贡巴"指豪猪，奇邦迪这么称呼我可能是认为我仅仅是一头豪猪，一头普通的豪猪，他是人，这样想很自然，但我不喜欢

这个名字，因为它的发音让我不爽，所以当他这么叫我的时候，我权当没听见，但他坚持这么叫，现在你知道为什么从一开始我就不想让你知道这个名字了吧

就在刚才，我伸懒腰的时候发现了你脚下的粮食，我觉得很奇怪，开始怀疑这地方是不是有其他的占领者，然而从昨天开始我就没见过任何动物从此地经过，所以顺理成章，这些储备属于我了，我并不认为这是主人的分身放在这里的，否则他一出现我就应该能听到他的声音，实际上，在那些小怪物、小家伙把他像玩偶一样玩弄于股掌之间的那天他就消失了

我只后悔一件事，亲爱的猴面包树，那就是没能听见你的声音，如果你能像我一样说话，我就不会感觉如此孤单了，但重要的是你现在就在这里，有你陪伴我就没那么焦虑了，相信我，在这里如果我预感到危险，我就会钻进你的一个树洞内，你肯定不会把我交到死神手里的，是不是这样，提前请你原谅我在这里方便，我还是很怕离开这里的，害怕做出傻事，害

怕失去你的庇佑，我不知道这样保持警戒的状态还会
持续多久，也深知你不喜欢我在你脚下排泄，然而
人类常言，粪便能促使植物生长，所以，某种程度上，
我也为你的长寿出了份力，这就是我能给予你的全部，
用来报答你的盛情款待

　　实际上，无论我怎么努力，我就是没有胃口，可
我又必须吃东西，这些棕榈仁丧失了原来的滋味，我
把它们颠来倒去，细细察看，左闻右嗅，试着将几粒
扔进嘴里，太苦了，我没有力气去咀嚼，我知道这是
近几日的担忧和恐惧所致，现在我应该做的是放松
和休整，心脏通通跳时是很难吞咽食物的，我觉得自
己吃东西只是为了安慰自己，也许是为了不至于饿
死，从上周五开始，我觉得自己消瘦了，舌头黏糊糊
的，尾巴耷拉着，眼睛红彤彤的，四肢无力，我连续
咳嗽了几个小时，感觉都要把肺咳出来了，即便不吃
东西，我也可以坚持很久，这些我都不在乎，因为肚
子一点都不饿，如果必须死，那就让我因饥饿而死吧

在这个阳光明媚的周一，我想找到一个长远的解决方案，我要乐观地看待未来，不再惧怕明天，我听见一个来自内心的声音告诉我说今天我不会死，明天也不会，后天更不会，为什么会这样，总要有一个解释，但这个解释不应该由我来找，创造宇宙的造物主应该清楚，我只是这个地区的人类习俗的牺牲品，对于将来那些想要把邪恶附体传给孩子的人，我的幸存将是对他们的一种警告，我还能活多久，呵，我都不知道，亲爱的猴面包树，老首领之前曾说过"今朝有酒今朝醉"，它虽不露声色，但它影响着我的行为，其实我从心底里钦佩它，我无数次地认为这个老赌气鬼会想我，我依然会喜欢听它训话，听它才华横溢地给我们授课，例如那天它给我们讲物质，讲物质最常见的三种形态以及变化，它讲了液态、气态和固态，

它注意到我们满脸狐疑，特别想听具体的例子，所以就用自己的方式给我们详细讲解了融化、纯化、固化、液化和汽化，可怜的老家伙，它是只了不起的老豪猪，它很可能几年前就去世了，跟我同辈的那些伙伴也一样，这一点毫无疑问

我不求能继续活下去，但也不会一心求死，我很高兴我还能呼吸，还能想想将来能做哪些有用的事，为此我有两条路可走，首先我想对这个地区的所有邪恶附体发起无情的战争，我知道这将是一场大战，但我想一个接一个地把它们捕杀殆尽，这是我赎罪的方式，以此洗刷我的罪恶，弥补我为村民和其他人带来的不幸，亲爱的猴面包树，我想走的第二条路很简单，我想回到我们原来栖息的地方生活，由于常与人来往，我也生出了思乡之情，我称之为怀念故土之情，也就是人们所讲的思乡病，从此我将格外珍惜我的记忆，就像大象珍视象牙那样，那些久远的画面、消失的身影以及远去的声音将阻止我再犯不可挽回的错误，对，不可挽回的错误，我还想到过要一死了之，但这

是最懦弱的行为，人类认为他们的生命是由上帝创造
的，从上周五开始，我终于也开始相信这件事了，如
果我能活下去，我以豪猪的名义发誓，那是由上天的
意愿决定的，既然上天这样决定，我就必须要完成我
在人间的最后一项任务

我是怎样成为一头没有寿命的豪猪的

亲爱的猴面包树，我脑中还闪过了其他的计划，比如我想艳遇一只优秀的雌性豪猪，不仅仅是为了像其他动物那样进行交配然后传宗接代，而首先是为了快乐，配偶的快乐以及我的快乐，当然，也是为了和它一起生小崽，如果我们足够情投意合的话，然后，我将成为父亲，给下一代讲述我的一生以及人类的习俗，我不会让它们遭受与我相同的命运，亲爱的猴面包树，当你知道我今年已经四十二岁时，应该会觉得我不可理喻、野心勃勃、不切实际，然而，我以豪猪的名义起誓，年龄并不会让我害怕，我在那本厚厚的上帝之书中读到过，过去人类可以活好几百年，那位名为玛士撒拉的族长活了九百六十九年，我要跟你说的是，我还不是一只将死的豪猪，我想成为动物界的玛士撒拉，我仍充满耐力，头脑清醒，最重要的是我

可以利用余下的时间做点好事，只做好事，也许这样
会把我自己转化成和平附体

　　是的，我还有耐力，我确信我的能力还在，啊，
我看到你摇了摇枝叶以示怀疑，你不相信我还保留着
一些力量，嗯，你无论如何都想在此时此地看看证
据，好吧，给你看，让我用四肢撑地站起来，让我蜷
起身子，集中注意力，发射，发射，再发射，我以豪
猪的名义起誓，你看到了我刚刚是怎样射出三根刺的
吗，哼，而且这些刺要到达几百米之外才会停下，比
我为主人效劳的时候还要射得远，我想让你明白，我
并没有打算停止讲述自己的故事，这还要什么其他证
据吗，嘿

我是怎样成为一头没有生命的豪猪的

附录

一封来自倔强蜗牛先生的信

关于《豪猪回心录》手稿的来源

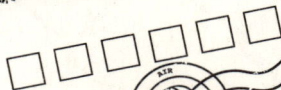

强强蜗牛先生
打碎的玻璃杯遗著保管人
信誉远游酒吧老板

瑟伊出版社
雅各布街 27 号
75006 法国巴黎

邮寄物品:《豪猪回忆录》手稿, 故友打碎的玻璃杯遗作

尊敬的女士 / 先生，

　　打碎的玻璃杯是我已故的友人，我以他遗作保管人的身份写信给您。希望这封信可以作为附录收入他的遗作《豪猪回忆录》中，让读者对此作品的来龙去脉有所了解。

　　打碎的玻璃杯于去年过世，在那之后不久，我给您写过一封挂号信。我在信中提到，他留下的唯一一份手稿对当时的我来说有着怎样的意义。那份手稿是在我的要求下写的：为了献给我的酒吧——信誉远游。几个月之后，您出版了那部小说，并将其命名为《打碎的玻璃杯》，我非常希望用"信誉远游"做小说的标题，您似乎是认为这与小说不符，最终没有采纳我的建议……

　　无论是什么情况，我写这封信并不是为了与您争论小说的标题。相反，我想要告诉您一件令人激动的事，酒吧里一个名叫蒙佩罗的服务生在奇努卡河旁边的小树林里发现了另一份手稿，奇努卡河就是人们捞起打碎的玻璃杯遗体的地方。一页一页的手稿被塞在学生用的旧文件夹里，顺序颠倒，杂乱无章。我们小心翼翼地把所有纸张归到一起，排好顺序并用数字编号。当酒吧里顾客不多的时候，我就跟另外两个服务生一起，围坐在打碎的玻璃杯生前常坐的桌子旁整理手稿。由于灰尘和雨水的侵蚀，一些段落的字迹已经模糊不清。我们努力辨认，相互核对，交流意见，以免错怪我这位已故的友人，怪罪他有一些内容没有写清楚。我承认，我们争论起来过于激烈，情绪非常激动，惹怒了酒吧里的一些客人。有几位客人一直否认《打碎的玻璃杯》中描写他们的一些场景，这其中就有穿着纸尿裤的家伙和罗比内特。因此，第二份手稿的出现对他们来说犹如晴天霹雳，他们以为《豪猪回忆录》仅是《打碎的玻璃杯》的续篇！事实上，他们是害怕再次被我已故的友人写入书中。他们一直把打碎的玻璃杯当作叛徒，认为他在落入浑浊的奇努卡河中与过世的母亲团聚之前，偷走了他们的生活……

让我们把话题拉回到那份新发现的手稿上！

完成艰难的复原工作之后，我亲自拜托一名叫肯绔-波林娜的技校学生，让她把《豪猪回忆录》的文稿录入电脑。您相信吗，我一共支付给她2000非洲法郎，相当于酒吧里一瓶上好红酒的价钱！她坚持说她之所以要这么多报酬，是因为打碎的玻璃杯的手稿字迹难以辨读。有时同一行文字，这可怜的姑娘要反复读两三遍。而造成这一切的罪魁祸首就是那固执的作者，他偏要把逗号作为整部小说唯一的标点符号。

此处忽略了法语原文中故事里还使用了引号、连字符等标点符号。——编者注

亲爱的女士／先生，正是上述不如意之事让我无法更早地寄出这篇手稿。现在，我终于可以把这部小说连同原始手稿一并交到您手里。必要时您可以对我们的复原工作进行核查，特别是受损最严重的部分，即本书的最后两章，分别是"上周五是怎样变成'黑色星期五的'"和"我是怎样成为一头没有毙命的豪猪的"。

在这部小说中，打碎的玻璃杯不再是讲述者，他甚至没有出现在故事里。实际上，打碎的玻璃杯认为只有那些可以重塑世界，探究起源，让我们重温童年，探测我们内心的烦忧，撼动我们信仰的书籍才能够长久陪伴我们。因此，他创作了这最后的作品，并将其命名为《豪猪回忆录》，以寓言的方式立下遗愿。我也衷心希望"豪猪回忆录"这个书名可以得到保留。对打碎的玻璃杯来说，世界犹如一个寓言故事，如果我们只关注事物的外在形态，我们将永远无法领悟其内在的道理。

不得不承认，我被书中豪猪的命运深深吸引。那奇怪的豪猪竟如此讨人喜欢。它总是喋喋不休，焦躁不安，对人类本性了如指掌。直到最后它还在东拉西扯，试图描绘人类，可有时又毫不留情地指责我们。自从我读过这本书以后，我看动物的方式就改变了。另外，究竟谁才是野兽？是人类，还是动物？这是一个具有广泛意义的问题！

尊敬的女士/先生，非常高兴能够与您合作。请
接受我最诚挚的问候！

                    倔强蜗牛
                打碎的玻璃杯遗著保管人
                信誉远游酒吧老板

京权图字：01-2018-4787

© Éditions du Seuil, 2006

图书在版编目（CIP）数据

豪猪回忆录 ／（法）阿兰·马邦库著；刘和平，文韫译. -- 北京：外语教学与研究出版社，2020.9
ISBN 978-7-5213-2044-2

Ⅰ．①豪… Ⅱ．①阿… ②刘… ③文… Ⅲ．①中篇小说－法国－现代 Ⅳ．①I565.45

中国版本图书馆 CIP 数据核字 (2020) 第 165512 号

出 版 人　徐建忠
项目策划　张　颖
责任编辑　徐晓雨
责任校对　何碧云　黄雅思
装帧设计　郭　莹
插图设计　郭　莹
出版发行　外语教学与研究出版社
社　　址　北京市西三环北路 19 号（100089）
网　　址　http://www.fltrp.com
印　　刷　北京华联印刷有限公司
开　　本　787×1092　1/32
印　　张　6.5
版　　次　2020 年 10 月第 1 版　2020 年 10 月第 1 次印刷
书　　号　ISBN 978-7-5213-2044-2
定　　价　45.00 元

购书咨询：(010) 88819926　电子邮箱：club@fltrp.com
外研书店：https://waiyants.tmall.com
凡印刷、装订质量问题，请联系我社印制部
联系电话：(010) 61207896　电子邮箱：zhijian@fltrp.com
凡侵权、盗版书籍线索，请联系我社法律事务部
举报电话：(010) 88817519　电子邮箱：banquan@fltrp.com
物料号：320440001